Marion Messina

FEHLSTART

Roman

Aus dem Französischen
von Claudia Steinitz

Carl Hanser Verlag

Die französische Originalausgabe erschien 2017
unter dem Titel *Faux départ* bei Le Dilettante in Paris.

Das Zitat auf S. 71 stammt aus Louis-Ferdinand Céline,
Reise ans Ende der Nacht, aus dem Französischen
und mit einem Nachwort von Hinrich Schmidt-Henkel,
Rowohlt Verlag, Reinbek bei Hamburg 2003.

2. Auflage 2020

ISBN 978-3-446-26375-8
© Le Dilettante 2017
Alle Rechte der deutschen Ausgabe
© 2020 Carl Hanser Verlag GmbH & Co. KG, München
Umschlag: Peter-Andreas Hassiepen, München
Satz im Verlag
Druck und Bindung: CPI books GmbH, Leck
Printed in Germany

Für Jean, Micheline und Antoine
Ser terco. Insistir

I

Alejandro war mit dem trockenen Mund und dem Halbsteifen eines verkaterten Morgens aufgewacht. Als er sich mühsam streckte, berührten seine schmalen Handflächen den Balken, der durch das einzige Zimmer seiner Wohnung lief. Er hatte Hunger. Der bei Emmaus gekaufte Kühlschrank roch säuerlich nach Nudeln mit Speck. Er zog dieselbe Unterhose wie seit drei Tagen an, streifte einen für den Winter in Grenoble zu dünnen Pullover über und überflog die Liste seiner Downloads. Mit scheelem Blick und hektischer Hand sah er zu, wie sich eine Vierzigjährige mit Strapsen und Highheels in den Arsch vögeln ließ, ging raus, um sich mit einem Restaurantgutschein einen Kebab zu kaufen, und kehrte in seine staubigen 18 m² zurück. Inzwischen war es schon fünf, ein verregneter, kalter Dezembersamstag. Am Wochenende arbeitete er nicht. Das nächste Besäufnis mit seinen Landsleuten begann nicht vor neun. Er drehte sich einen Joint und legte sich wieder hin.

Er hauste in einem alten Einfamilienhaus im Île-Verte-Viertel. Aus den einstigen Kinderzimmern hatte der Eigentümer acht Miniapartments improvisiert, die von Studenten bewohnt wurden. Erregtes Röcheln, Alkoholorgien und das Klirren der Flaschen, die am Sonntagnachmittag in Eimern runtergetragen wurden, hatten Kinderlachen und Radau ersetzt. Der jüngste Mitbewohner war neunzehn, der älteste ein Physik-Doktorand hart an den vierzig, der seine Kahlheit sommers wie winters unter einer Rastamütze versteckte. Die verputzten Wände bebten unter Bässen von britischem Triphop, süßlichen Noten jamaikanischen Reggaes oder hippem *electro* irgendeines osteuropäischen DJs. Er hätte jeder beliebige Student in jeder beliebigen westeuropäischen Provinzstadt sein können. Aber Alejandro Manuel González Peña war sich seiner Haltlosigkeit halbwegs bewusst, und deswegen war er interessanter und viel neurotischer als jeder beliebige Kolumbianer in einer rein zufällig gewählten Stadt im Ausland.

Im letzten Jahr des *pregrado* für französische Literatur an einer Privatuniversität in Bogotá hatte Alejandro beschlossen, es seinen Idolen gleichzutun, und sich auf dem Alten Kontinent *zu bilden*. Erschüttert von der Erbärmlichkeit seiner Mitbürger und der Korruption ihrer nicht zu stürzenden Elite, hatte er fast ein Jahr lang Anträge geschrieben, die sein akademisches Französisch auf eine harte Probe stellten. Auf der Wikipedia-Seite zu Stendhal hatte er seine künftige Wahlheimat gefunden, obwohl ihn die geringe Einwohnerzahl zunächst erschreckt hatte. Grenoble war eine Notlösung, nachdem die kolumbianische Post seine Bewerbungen nie rechtzeitig nach Bordeaux und Lyon geschickt hatte.

Dank der Hilfe eines Onkels in den USA hatte er genug Geld zusammengekratzt, um ein Visum zu bekommen, das Flugticket zu kaufen und die Kaution für seine erste Bleibe aufzubringen, eine Dreizimmerwohnung an den großen Boulevards, die er mit vier anderen Südamerikanern teilte. Um seinen Traum von Ruhm und Gelehrtheit zu leben, hatte er Diana, seine *novia* seit der Oberschule, zurückgelassen. Schon im Flugzeug hatte er gemerkt, dass sie ihm nicht fehlen würde, oder kaum. Er brach auf, *um seinem Schicksal zu begegnen*, was kümmerte ihn, dass er die erste und größte Liebe ihres Lebens war.

Diana hatte vorgeschlagen, ihm zu folgen, da auch sie ihr Grundstudium abgeschlossen hatte und ihr Französisch viel besser war als seins. Er hatte abgelehnt, indem er Neruda zitierte und ihr erklärte, man müsse sich trennen, wenn die Liebe auf dem Höhepunkt sei. Nach seiner Abreise war sie in einer monatelangen Depression versunken und hatte zwanzig Kilo zugenommen. Etwas in ihr war zerbrochen. In langen Mails beschrieb sie das unerträgliche Gefühl des Verlassenseins, die grauenvollen Nächte voll obszöner Träume – sie sah ihn mit anderen Frauen vögeln –, ihre Bauchschmerzen, die Bulimie-Attacken und die endlosen Weinkrämpfe, die sie zu jeder Tages- und Nachtzeit überfielen. Er hatte nie geantwortet. Es gab nichts dazu zu sagen. Er bedauerte, dass sie litt, fühlte sich aber keineswegs dafür verantwortlich. Er wollte sich nicht *den Kopf zerbrechen*.

*

Alejandro war vor kurzem vierundzwanzig geworden. Er hatte in einer Latinobar gefeiert, deren gezwungen fröhliche Atmosphäre auf Franzosen geeicht war, die sich nach *Sonnenklängen* und *höllischen Rhythmen* sehnten. Das lateinamerikanische Lebensgefühl war in Grenoble kaum heimisch geworden, die Erwähnung des Kontinents genügte wenigstens, um einige weibliche Exemplare, von der vulgären, Reggeaton liebenden Schlampe bis zur in Neruda-Gedichten und Buñuel-Retrospektiven schwelgenden Zuständigen für Problemviertel geil und verfügbar zu machen.

Er fühlte sich alt und müde. Im September hatte er ein M.A. für Moderne Literatur begonnen. Er war schon mehr als ein Jahr in Frankreich; am Tag nach seiner Ankunft hatte er auf der Website des Jobcenters gesurft, CV + Bewerbung hingeschickt, in der UB Unterlagen *zusammengestellt*, bei der KV *angestanden*, die verschiedenen Stiftungen, die EU und Erasmus entdeckt, bei denen Geld zu holen war. Bald hatte er einen Minijob für zehn Wochenstunden als Reinigungskraft in einem privaten Studentenwohnheim bekommen. Jeden Morgen stand er um sechs Uhr auf und arbeitete bis halb neun, bevor er mit dem Fahrrad zum Hörsaal oder zu den Fertigteilgebäuden hinter der Südhalle der Universität fuhr. Er verdiente ein paar hundert Euro im Monat, zusammen mit dem Wohngeld reichte es knapp für die Miete und ein paar auf weniger als das Nötige reduzierte Ausgaben. Sein Vater war Bauingenieur, die Mutter Spanischlehrerin in einem angesehenen katholischen Gymnasium in Bogotá, aber Alejandro war mit einer bestimmten Vorstellung vom genialen und notleidenden Schriftsteller aufgewachsen, die er nicht durch liebende Eltern oder eine anhängliche Geliebte verderben wollte. Er hatte Dutzende Saufkumpane, die er nie zu sich einlud, weil der Platz und die Ausstattung fehlten. Sein Rechner brummte rund um die Uhr, immer damit beschäftigt, Pornos runterzuladen oder Radiohead auszuspucken.

Er führte ein in finanzieller Hinsicht maximal bohèmehaftes, in literarischer Hinsicht wiederum maximal langweiliges Dasein. Er hatte seine Examen knapp bestanden und eine mäßige Zwischenarbeit präsentiert, die allerdings hervorragend war, wenn man bedachte, dass er keine drei Wochen vor der mündlichen Präsentation mit dem Schreiben angefangen hatte. In den Lehrveranstaltungen hatte er abgesehen von einem komplexen Semantik-Wortschatz, der dem Spanischen eigentlich sehr nah war, nicht viel gelernt. Er hatte stundenlang Brel, Brassens, Booba, Gainsbourg und alle Gruppen der lokalen Musikszene gehört. Mit dummen Bemerkungen über den Hip-Hop und langen Zitaten von Cioran hatte er es geschafft, auf seiner zu weichen Matratze ein paar Mädchen zu vögeln, die er nur anhand der Festigkeit ihrer Brüste unterscheiden konnte. Er schrieb nicht mehr.

2008 waren die Titelseiten der Zeitungen voll von der Krise, von der niemand etwas begriff, zu der aber jeder eine Meinung hatte. Der Trotzkismus kam wieder in Mode, man fantasierte über bevorstehende Festnahmen von Firmenchefs, sprach von goldenen Fallschirmen, der Wall Street, der *deregulierten Finanzwelt*, vom *wilden Kapitalismus*; Sarkozy versuchte mehr recht als schlecht, ein System zu geißeln, das er im Wahlkampf ein Jahr zuvor in den höchsten Tönen gerühmt hatte. Man müsse die Ökonomie *moralischer machen*, ihr einen Platz zuweisen, wo sie *im Dienste des Menschen* stehe und nicht umgekehrt; für Werbeagenturen war es ein sehr gutes Jahr. Die Restaurantterrassen waren immer voll, und die Franzosen, dieses ungeduldige und reizbare Volk, stießen auf die Krise an, von deren Auswirkungen sie, auch Monate nachdem sie in den 20-Uhr-Nachrichten davon gehört hatten, noch nichts merkten. *Journalistenschwachsinn*, *falscher Alarm* oder *Beginn einer neuen Ära*; Fünfzigjährige, zu spät geboren für den Mai 68 und immer noch neidisch auf die Älteren, sagten eine Revolution voraus, die mit großen Schritten näher käme. Sie rissen ihre Restaurantgutscheine vom Block und redeten über ihre Immobilienpläne für die Rente, während sie von einer strahlenden, für immer von Spekulation und Heuschrecken mit Diplomatenkoffer befreiten Zukunft träumten, von einem Paradies der gewissenhaften Beamten, die sich für die edelste Sache einsetzten: den Fortbestand des Wohlfahrtsstaates. In diesem versifften und apokalyptischen Umfeld, inmitten von Tratsch und hohlen politischen Einschätzungen begann Alejandro seine Tage mit leerem Bauch und vollen Hoden.

Am Abend ging er zu Gustavo, der Darstellende Künste studierte. Gustavo liebte das argentinische Theater und die Filme von Woody Allen, arbeitete als Kartenabreißer in einem Kulturhaus am Stadtrand und als Aufsicht in einer Berufsschule; für einen Immigranten mit einem so wenig begehrten Studienfach hatte er großes Glück. In diesem Jahr bereitete er seine zweite Hausarbeit vor; dank der Verlängerung des Studentenvisums konnte er legal in Frankreich bleiben, wo er so erbärmlich lebte, wie es ein Durchschnittsfranzose, selbst der mindeste der Mindestlohnempfänger, nie vermocht hätte. Mit Alejandro teilte er die wachsende Verachtung für sein Heimatland, um nichts in der Welt wäre er nach Kolumbien zurückgekehrt. Er dachte voller Zärtlichkeit und Trauer an seine Mutter und seine Großeltern, die er in jedem zweiten Sommer besuchte. Die Weihnachtszeit kam heran, für die Expats der schwierigste Moment: Sie feierten das Fest der Familie mit Sixpacks Billigbier und ihren Unglücksgefährten, lösten sich beim Skypen ab, um ein verschwommenes Bild der Liebsten zu erhaschen, hörten Lieder von Carlos Gardel und Joe Arroyo und starrten auf die verschneiten Dächer der Stadt.

Der Abend würde so ablaufen wie die der vergangenen und der künftigen Wochen: sechs junge Männer um die fünfundzwanzig an einem Tisch in einer winzigen Wohnung, auf der Erde oder auf einem Sofa vom Sperrmüll, ein PC für die Geräuschkulisse, Shitdämpfe, immer unverhohlenere Hopfenrülpser, Diskussionen über Frauen oder Politik, anzügliche Witze, Karten spielen, saufen, am nächsten Nachmittag um drei aufwachen. Einige schworen auf Uribe, der »Kolumbien gerettet« habe, Alejandro hasste ihn mit jeder Faser eines Städters mit anarchistischen Neigungen. Die Wochenenden waren nicht viel prickelnder als die anderen Tage, aber sie vergingen schnell und gaben ihm die Illusion, in Gesellschaft zu sein. Trotzdem war er innerlich erstarrt vor Angst und Einsamkeit. Vom Alkohol beflügelt, brachte er manchmal Texte von ein, zwei Seiten zu Papier, sie waren sehr gut. Er hatte unbestreitbar Talent. Am nächsten Tag löschte er, was er geschrieben hatte; er wollte *Die Brüder Karamasow* schreiben und García Márquez vom Thron stürzen, den er wegen seines unerträglichen Stils und der unaussprechlichen Namen seiner Figuren verabscheute. Er schaffte es nicht, über etwas anderes zu schreiben als über Frauen und Alkohol, er fühlte sich wie ein Baudelaire der vierten Welt, klein, lächerlich, dazu verurteilt, Wohnheimteppichböden zu saugen und in den öffentlichen Verkehrsmitteln schwarzzufahren. Er begriff nicht, warum er in Europa war, er war ein Wichser, im Wortsinn, da Masturbation und die Suche nach sexueller Befriedigung den Hauptteil seiner freien Zeit ausfüllten.

*

Die Woche begann damit, dass er wie üblich zu seinem Arbeitsplatz fuhr. Aurélie war vor ihm da, mit einer ebenso lächerlichen wie bewundernswerten Ernsthaftigkeit und Disziplin. Auf dem Boden kniend, streckte sie ihm den Hintern entgegen, während sie unter einem Bett putzte. Alejandro betrachtete sie und rief sich die Lust in Erinnerung, die er in ihr verspürte: Sie war üppig und weich, rund und straff, ihre Stimme stieg in beeindruckende Höhen, wenn er in sie eindrang und sein Becken bewegte. Wenn sie zu ihm kam, brachte sie ihm immer ein Stück Schokoladentarte oder Quiche mit Thunfisch und Erbsen in Alufolie mit. An jeder Kleinigkeit erkannte man die Arbeitertochter: billiger Nagellack, der nach zwanzig Minuten Arbeit abplatzte, im Sparpack gekaufte Unterhosen aus grober Baumwolle mit kleinen, lächerlichen Motiven, schulterlanges, ganz leicht abgestuftes Haar, der Schnitt der Oberschülerinnen, die mit einem Blankoscheck der Mutter zum ersten Mal zum Friseur gehen, Blusen mit geplatzten Nähten, zu große und schlecht geschnittene Jeans, die ihren winzigen, prallen Hintern nicht genug zur Geltung brachten.

Aurélie war eine saubere, gut erzogene junge Frau, die in einer Sozialwohnungssiedlung in der Vorstadt Fontaine aufgewachsen war und das Viertel nie verlassen hatte. Sie besuchte ihn schon seit einigen Wochen, ausschließlich, um mit ihm zu schlafen. Sie sprachen nur wenig und waren beide froh, nicht so tun zu müssen, als würden sie Konversation machen. Die Beziehungen zwischen Individuen waren immer *eigennützig* und dienten dazu, eine Leere zu füllen, die Zeit totzuschlagen oder Sex zu haben. Wozu reden, wenn die Beteiligten dasselbe Ziel haben? Das Wesentliche wird erreicht, der

Austausch ist fair. Sie war gewissenhaft, eifrig und wartete immer, bis er kurz vor dem Höhepunkt war, bevor sie aufhörte, an seinem Pimmel zu saugen. Sie genoss seine Fellatio und war zu etwas imstande, was in ihrer pornogesättigten Generation ziemlich selten war: locker zu werden und das wenig schmeichelhafte Sichgehenlassen des Körpers im Liebesakt zu akzeptieren.

Sie zog nicht den Bauch ein, rasierte sich nur wenig zwischen den Beinen, unterdrückte weder Schreie noch Grimassen, wenn die Lust in ihr aufstieg. Sie war spontan und natürlich, sie hatte Humor, obwohl er nicht genug mit ihr sprach. Sie war mit Wohlwollen und ohne Angst zu ihm gekommen: An der Oberschule hatte sie nur einen erbärmlichen Liebhaber gehabt. Der hatte sie ungeschickt entjungfert, aber geblutet hatte sie nicht. Schon beim zweiten Mal sprach er von Analverkehr, aber sie wollte es nicht. Sie erklärte ihm, dass er ihr wehtue, und er antwortete, das sei ein gutes Zeichen, es müsse der Frau wehtun, Frauen würden *ja* denken und *nein* sagen, sie könnten nicht zwischen Schmerz und Orgasmus unterscheiden. Er verlangte von ihr, sich vollständig zu epilieren, was sie abstieß. Sie fuhr gern mit der Hand durch ihr trockenes, dichtes und krauses Schamhaar, sie mochte den Hügel, den es unter ihrer Unterwäsche bildete. Sie hatte nie ernsthaft Pornos angeschaut, irgendwas war ihr unangenehm, sie fand sie gekünstelt und langweilig. Dann war sie inaktiv geblieben, bis sie ihr Abitur für Wirtschaft und Soziales mit der Note gut abgeschlossen hatte.

Sie hatte Alejandro bei der Arbeit kennengelernt und sich von dem mageren Jungen mit den Gummigelenken, der beim Gehen vom Boden abzufedern schien, gleich angezogen gefühlt. Er hatte einen *kulturellen Hintergrund*, ein Minimum an *Lebenserfahrung*, sie war gerade aus dem Nest gefallen und voller Wissensdurst, von dem sie nicht wusste, wie sie ihn stillen sollte; er war kein Franzose, nicht mal Europäer, allein schon ihn reden zu hören war ein *Fenster in die Welt*. Er spielte seine Exotik-Karte sehr dosiert und raffiniert. Durch sein Äußeres konnte er sich nicht hervortun, er war klein, und der niedrige Haaransatz reduzierte seine Stirn auf einen schmalen, ockerfarbenen Hautstreifen zwischen einer glatten, glänzenden Mähne und schwarzen Augen mit bläulichem Schimmer unter dichten, schlecht gezeichneten Brauen. Seine Augen waren rund und von geraden, wie mit dem Lineal gezogenen Wimpern gesäumt. Die Hakennase verlieh seinem Profil eindeutig Charakter; er war eine Häufung charmanter Mängel. Seine Zähne waren spitz und unregelmäßig, aber strahlend weiß, sein Mund üppig und glänzend.

Sie kannte nichts von Kolumbien außer Shakira und der FARC, wenige Monate zuvor war Ingrid Betancourt befreit worden. Ihre Mutter hatte zum Zeichen der Solidarität Kerzen auf den Balkon gestellt, sie aber hatte das Schicksal der Geisel gleichgültig gelassen: Sie hatte sich auf anderen Gebieten *engagiert*, die sie vernachlässigte, als die Abiturprüfungen näher rückten. Er versprach, ihr mehr zu erzählen, tat es aber nie. Er war an Auschwitz-Touristen gewöhnt, die für ein freies Tibet eintraten, die Ureinwohner des südamerikanischen Kontinents unterstützten und fair gehandelte Schokolade aßen, das war die Mehrheit seiner nichtkolumbianischen Freunde; eine Französin, die einfach neugierig war, überraschte ihn. Über Politik sprach er nur mit seinen Landsleuten, bei den anderen musste man zu weit ausholen. Irgendwie schämte er sich auch, die immer neuen Skandale in seinem Heimatland zu erwähnen, dem er sich immer weniger verpflichtet fühlte, er hatte eher das Gefühl, einem großen Gefängnis entkommen zu sein, aber die mitleidigen Blicke der Europäer, die ihre eigenen Obdachlosen krepieren ließen, waren ihm ebenso unerträglich.

Aurelié hatte nicht den Wunsch verspürt, umworben oder begehrt zu werden. Verführung brauchte Zeit und ein Selbstvertrauen, das ihr abging. Sie hatten einander mit einem Blick erkannt, und er hatte nicht viel Zeit verloren, ehe er sie zu sich einlud. Sie hatte sich ihm in tadellosem Französisch und mit leicht zitternder Stimme anvertraut; an der Schule hatte sie nur sehr wenige Freunde gehabt, seit sie an der Universität war, erlebte sie eine schreckliche Einsamkeit, sie sprach wie eine brave Schülerin, die gerade den Boden unter den Füßen verlor. Ihr *Studentenjob* war befriedigend, weil sie jeden Morgen wiedererkannt wurde; mit dem verdienten Geld konnte sie ihre Mutter in eins der vielen vietnamesischen Restaurants in der Rue Condorcet einladen. Sie hatte viel gelesen, um die Zeit totzuschlagen, wählte ihre Worte sorgfältig und hatte eine perfekte Aussprache. In einer anderen sozialen Schicht geboren, hätte sie Literatur studiert, sie aber hatte Jura gewählt, um ihre Alten zu beruhigen. Da gebe es gute Chancen, sagten die, sehr stolz, ihre Kenntnis des *Arbeitsmarktes* zu demonstrieren. Sie hatte schon einen Kredit aufgenommen, um den Führerschein zu finanzieren. Sie langweilte sich zu Tode. Beim Theorieunterricht, in den Vorlesungen, bei den Studentenabenden, zu deren Besuch sie sich zwang, um Kontakt zu ihren Hörsaalnachbarn zu knüpfen, bei den Seminaren, bei ihren Eltern, in der Straßenbahn, im Einkaufszentrum. Sie war achtzehn Jahre alt.

2

Aurélies Studium hatte an einem Donnerstag begonnen. Die Universität von Grenoble lag außerhalb des Zentrums und war ein wunderbar grüner, moderner Studienort – so hatte man es vierzig Jahre zuvor gesehen. Sie hatte sorgfältig ihre Tasche und die Federmappe gepackt und die Stunden gezählt, die sie von ihrem neuen Lebensabschnitt trennten. Da sie stets bereit war, sich den kleinsten Veränderungen anzupassen, hatte sie die farbenfrohe, enge Kleidung der Abiturientin gegen weite Blusen und Holzohrringe getauscht. Sie hatte sich kaum geschminkt, nur etwas Eyeliner aufgetragen und sich mehrere Tage nicht gekämmt, um möglichst wie eine Bohemienne auszusehen.

Die im Gang vor der Tür von *Amphi 1* der Pierre-Mendès-France-Universität versammelte Schar vermittelte ein ehrliches, ungeschöntes Bild der »Diversität« *à la française*, des Konzepts, von dem alle reden, ohne es je erlebt zu haben. Eine knappe Mehrheit der Truppe bestand aus Bürgerkindern, die gut in die Konsumgesellschaft integriert waren, junge Frauen mit Slim Jeans, Ballerinas und geglättetem Haar, Jünglinge mit Schmachtlocke und locker am Handgelenk baumelnder Umhängetasche, den neuesten weißen Smartphones und gewienerten Schuhen, nette Gesichter ohne jede Zukunftsangst, vor Selbstsicherheit blitzende Augen, völlig entspannt, höchstens ein bisschen wachsam in dieser neuen, von der sowjetischen Architektur inspirierten Umgebung. Dann kamen die Kinder der alternden Rechten, die mit achtzehn aussahen wie mit dreizehn oder fünfzig – je nach Licht. In Marineblau und Naturfarben gekleidet, mit furchtsamem Blick und gekrümmtem Rücken schienen sie auf die Messe oder die nächste Mahlzeit zu warten. Sie hätten ihr Jurastudium auch in einem Stall oder einem Kolchos absolviert, solange sie nur sicher waren, dass die Familientraditionen und ihr Rang gewahrt blieben. Ein paar neonfarbene Jogginghosen über den speckigen, weichen Hüften der Töchter nordafrikanischer Einwanderer brachten etwas Leben in die spießige Masse. Die Gespräche waren gedämpft, die Teenager-Spontaneität überließ allmählich der Zurückhaltung und der falschen, in Misstrauen schmorenden Schamhaftigkeit des Erwachsenenalters das Feld.

Aurélie gehörte zum Lager der neutralen Elemente, der kleinen Weißen mit gesenktem Blick und verschränkten Armen, die vor Unbehagen schwitzten, obwohl die Umgebung dafür konzipiert worden war, gerade sie zu Tausenden in den berühmten Hörsälen zu empfangen. Ohne besonderen Kleidungsstil, die Baumwolloberteile einfarbig oder mit schlechtem Englisch bedruckt, ohne besondere Merkmale, ohne gemeinsame Interessen, standen sie einzeln in den Ecken und starrten auf ihre Telefone. Die Menge strömte in den riesigen Hörsaal, und die sozioprofessionelle Zugehörigkeit ließ sich sogleich wieder an den eingenommenen Plätzen ablesen; die kleinen Neutralen verteilten sich. Der Saal war zwei Jahre zuvor nach den Protesten gegen die Ersteinstellungsverträge renoviert worden. In die Tische waren noch seltsame Runen mit eindeutiger Botschaft gegen rechts, gegen Freihandel, für den öffentlichen Dienst und für eine freie Ardèche graviert. All diese Ausbrüche von Hormonen und gutem Willen hatten die Krise nicht verhindert und ebenso wenig, dass aus Gymnasiasten Abiturienten wurden und die Studentenzahlen überall im Land wuchsen.

Ein Mann betrat den Saal und stellte seine abgewetzte Aktentasche auf den Hartfaserschreibtisch auf dem Podium. Er klopfte ans Mikro, aber es wurde nicht still. Er räusperte sich mehrmals und putzte seine Brille an seinem Hemd mit ausgeprägter Rückenfalte. Er trug eine Hose mit Hahnentrittmuster; die raffinierte Anordnung blassbrauner Locken sollte den rosig welken Schädel verbergen. Er begann seinen Vortrag trotz des Lärms und setzte ihn auch vor der dröhnenden Geräuschkulisse der Studenten in der letzten Reihe fort, die der unwiderstehlichen Anziehungskraft des Sozialstipendiums erlegen waren.

»So ein Jurastudium macht man nicht mit links. Man braucht Methode und Strenge. Eiserne Disziplin und Willenskraft. Sie werden die Welt verstehen und die oft verkürzten Informationen der großen Medien besser begreifen. Sie brauchen eine Auswahl von Werken, mit deren Hilfe Sie die zentralen Konzepte beherrschen lernen. Sie werden sich mein letztes Buch besorgen müssen, das bei Presses universitaires de Grenoble erschienen ist.«

Aurélie schrieb gewissenhaft mit, konnte sich aber nicht konzentrieren. Die Stimme des Mannes war tief, unterbrochen von lautem Schlucken und unangenehmen Schmatzgeräuschen. Er wiederholte denselben Vortrag seit Jahrzehnten, machte Witze über den General und über Mitterrand, sprach von der Fünften Republik wie von einer jüngst stattgefundenen Revolution; in den ersten Reihen notierten die künftigen Diplomanden für Notariatsrecht jedes Wort und legten den Arm zum Schutz vor möglichen Abschreibern um ihren Block.

Nach den zwei Stunden dieser ersten Vorlesung hatte sich Aurélie wie ein frisch defloriertes Mädchen gefühlt, sie konnte es nicht fassen, dass etwas so lange Erträumtes so fade, unnütz und endlos sein konnte. Die Frustration ließ ihren Unterleib schmerzen. Wie die Hälfte ihres Jahrgangs eilte sie zu den Kaffeeautomaten. Im Vorbeigehen schnappte sie ein paar Worte auf, konnte sich aber nicht durchringen, *auf die anderen zuzugehen*. Die Studenten unterhielten sich über ihre Abiturprüfungen im Juni, ihre Ferien, die altmodische, *mitleiderregende* Aufmachung des Professors; niemand schien sich über die Erbärmlichkeit der ersten Vorlesung aufzuregen. Das waren zu viele Leute, zu viele identische Personen, um einen auszuwählen, den sie hätte ansprechen können. Den pickligen Jungen mit Turnschuhen links, der so *nett* aussah? Oder den anderen mit bartlosem Gesicht rechts, der erzählte, er habe sein Abi in Barcelona gefeiert und sich super amüsiert?

An den folgenden Tagen musste sie *Wahlpflichtfächer* wählen und mehrere Stunden anstehen, um das Formular bei der Verwaltung abzugeben. Ein A5-Blatt mit einem umfangreichen Stundenplan präsentierte ihr die fantastische Vielfalt der Fächer, für die sie sich einschreiben konnte: portugiesische Literatur, französische Zeichensprache, Bildanalyse, antike Philosophie, Badminton, Intensivkurs Japanisch, Informatik, Kommunikation und Medien, spanische Landeskunde, Phonologie, Geschichte der zeitgenössischen Kunst, Fotografie, kritische Comic-Analyse. Die Anmeldung für die optionalen Unterrichtseinheiten erfolgte in einem Algeco-Container, wo drei Sekretärinnen mit Kordeln an den Brillen die Blätter stempelten und vor Müdigkeit lange Seufzer ausstießen.

*

Der erste Studienmonat zog sich hin wie ein langer und schmerzhafter Gelenkerguss. Aurélie fuhr früh in Fontaine los und durchquerte ganz Grenoble mit der Straßenbahn, in Hubert-Dubedout stiegt sie auf die Linie B um. Die Fahrzeit war endlos; sie fuhr allein, setzte sich in den Hörsaal und blieb allein. Die anderen bekundeten Sympathien und bildeten Gruppen, sie aber war verschlossen, unfähig zu jeder Form von zwischenmenschlichem Kontakt. Sie reiste im Geiste, versuchte, von ihrer beruflichen Zukunft zu träumen, dann kehrte sie plötzlich mit einem Erschauern und einem schrecklichen Gefühl von Einsamkeit in die Gegenwart zurück und drohte zu versinken. War es der fehlende Enthusiasmus der Lehrkräfte, die diskreten, aber penetranten Ordnungsrufe aus den ersten Reihen in die letzten, wie in einer großen Gymnasialklasse, die ständig geschlossenen Verwaltungsbüros, der kalte, betonierte Gang vor den Hörsälen, die gequälten Formen moderner Kunst auf dem Campus oder die unerträgliche Kluft zwischen ihrer Vorstellung vom intellektuellen Leben und der armseligen Wirklichkeit? In der Schulzeit hatte sie sich so oft mit einem Ordner unter dem Arm die Nachmittage und Wochenenden mit eifrigem Studium verbringen und mit Glanz die Kurse absolvieren sehen, die früher der Elite vorbehalten gewesen waren, hatte sich ausgemalt, wie sie mit Leichtigkeit und Demut die soziale Leiter bis zur Spitze erklomm und der Stolz ihrer Familie wurde. Doch leider war ihr Leben entsetzlich langweilig.

Die öden Jahre in einer Schule voll depressiver und entmutigender Lehrer, die ihr schon vor der ersten Prüfung erklärten, wie die Nachhilfekurse für die Wiederholung des Abis ablaufen würden, das ganze libidinöse Teenagerdasein hatte sie tapfer durchgehalten, indem sie an die bevorstehende unvergessliche *Unizeit* mit vielen Reisen und Begegnungen gedacht hatte. Die nämlich hatte man ihr für die Jahre 18–25 versprochen, das goldene Zeitalter des Durchschnittswesteuropäers. Als sie die heiß erwartete Volljährigkeit erreichte, bekam sie das Wahlrecht und eine Geldkarte. Aber ihr Leben war immer noch das eines Kindes. Sie kam mit einem Rucksack voll immer schlechterer Mitschriften nach Hause, und ihre Aufgaben für den nächsten Tag ließen sie vor Langeweile ersticken. Immer ging es mehr um die Form als um den Inhalt, die Technik füllte den Raum, der ursprünglich für die Gelehrsamkeit bestimmt gewesen war. Recht wurde in wenigen, ineffizienten Kursen gelehrt, die nur wenig mit seinen griechisch-lateinischen Ursprüngen und seiner gesellschaftlichen Bedeutung zu tun hatten, es ähnelte einer riesigen Bedienungsanleitung, die man verinnerlichen und anwenden sollte. In der Sekundarstufe hatte sie den besten Unterricht von Dozenten der katholischen Kirche erhalten, die sie Maupassant und Zola lesen ließen. Ihre politischen Ansichten waren sehr unscharf, die Äußerungen und Personen austauschbar.

Aurélie war immer in die staatlichen Schulen des *einfachen* Frankreichs gegangen. Sie hatte *Lily* von Pierre Perret auswendig gelernt, Daniel Pennac, *Azouz, der Junge vom Stadtrand* und *Das Tagebuch der Anne Frank* gelesen, auf Arabisch und Wolof gegen den Rassismus gesungen, war gegen den Krebs gelaufen, hatte im letzten Schuljahr Kondome an jüngere Schüler verteilt, von den Gefahren des Analverkehrs, der Fellatio und des Drogenkonsums mit Spritzen gesprochen, um gegen Aids zu kämpfen. Sie war Spezialistin für Mülltrennung, kannte die Dauer der Abgeordnetenmandate der Stadt, des Departements und der Region sowie das Mindestalter für eine Kandidatur. An der Uni würde sie dieselben dürftigen Typen finden wie am Gymnasium: Die größten Faulpelze, die sogar das Bildungswesen für hoffnungslos hielt, waren am Ende der 11. Klasse aussortiert worden. Der Staat förderte das Handwerk als größten Arbeitgeber Frankreichs, aber die Gymnasiallehrer benutzten die Berufsausbildung als Müllhalde für *schlechte Elemente*. Seit einigen Jahren schossen Privatschulen, an denen man unter guten Bedingungen einen Berufsabschluss machen und ebendiesen *Elementen* entgehen konnte, wie Pilze aus dem Boden.

Ihre Kommilitonen waren weder gut noch schlecht und hatten durchschnittliche intellektuelle Fähigkeiten, die ihnen Prüfungsnoten zwischen 10 und 11 einbrachten; wer auch nur eine Spur neugieriger als die Mehrheit war, wurde zum Sündenbock und bekam den Spitznamen »Intello« verpasst. Sie hatten das Abitur weder mit großer Anstrengung noch besonders mühelos bestanden. In der Masse der Erstsemester fand sich weder Talent noch Kreativität. Kunst wurde nur gewürdigt, wenn sie Profit generierte. Ein Karaoke-Sänger wurde ausgelacht, bis er eine Talentshow im Fernsehen gewann. Selbst die Callas hätte sich als Straßensängerin im Jobcenter anmelden und mit einem Eingliederungsvertrag fünfzehn Stunden pro Woche einen Chor in einem Problemviertel leiten müssen.

Sie hießen Jérémie, Yoann, Julie, Audrey, Aurélie, Benjamin, Émilie, Élodie, Thomas, Kévin, Charlotte, Jérémy oder Yohann. Alle hatten den gleichen Kleidungsstil oder die gleichen tolerierten Extravaganzen: Dreads, Piercings, Sirwals, bunte Tücher in den Haaren, Basecaps wie ein in den Neunzigern berühmt gewesener Straßensänger. Sie betrachteten Musik oder Film durch ein groteskes politisch-soziales Prisma und empfahlen ihr höchstens die letzten Neuheiten in französischer Synchronisation. Diese Leute waren nicht abstoßend, aber total uninteressant, bevorzugte Gesprächsthemen waren die letzte Sauftour und das nächste Komasaufen, manchmal auch eine nicht sehr subtile *engagierte* Allegorie über Hitler und Sarkozy.

Das Schul- und Hochschulsystem förderte den Aufstieg mäßig kompetenter Personen auf Kosten der Superkompetenten oder der Totalversager. Letztere, weil sie nichts zustande brachten, Erstere, weil sie eine Gefahr für das System und seine Konventionen darstellten. Der Mittelmäßige sollte über nützliche und praktische Kenntnisse verfügen, die nicht ausreichen, um seine eigene ideologische Basis zu hinterfragen. Nach einem Abschluss zwischen FHS und M. A. wurde er Verwaltungsfachangestellter oder Betriebstechniker. Er beherrschte die Kunst des PowerPoint und den Managerjargon und stützte sich kräftig auf die unteren Ebenen der Hierarchie, die die praktische Arbeit erledigten, für die er nicht ausgebildet worden war. Die Nutzlosigkeit des an der Universität vermittelten Wissens war ein Tabu. Man wurde nicht gleich gelyncht, aber meistens missverstanden.

Ihre Banknachbarn wechselten jeden Tag und hätten sie nie wiedererkannt. Offenbar fehlte ihr das nötige Magnetfeld, damit man sie bemerkte oder gar spontan zu einer der großen Jahrgangspartys einlud, die es jeden Donnerstag gab. Auf den Einladungsflyern stand, dass sie zehn Euro kosteten, Freigetränk inklusive, und in der Diskothek Le Phoenix stattfanden. Dazu das Foto einer silikongeformten Blondine mit glattem, hüftlangem Haar. Die nach den Frisurkonventionen des Discount-Erotikfilms drapierte Mähne bedeckte allerdings nur ein Drittel des tiefen Ausschnitts im Krankenschwester- oder Weihnachtsfrauenoutfit, je nach Thema des Abends. Das Model trug einen kurzen Rock, unter dem zarte orange Schenkel hervorsahen, und einen kleinen, mit Photoshop eingefügten Brilli im Nabel; die Augen waren übertrieben schwarz geschminkt, der Mund perlmuttglänzend, und der manikürte Finger steckte zwischen strahlenden Zähnen.

*

Sie hatte ein paarmal versucht, allein zu so einer Veranstaltung zu gehen, um *Leute zu treffen* und *Freunde zu finden*. Sie hatte sich lächerlich gefühlt mit ihren flachen Kunstlederstiefeletten im Cowboystil, dem altmodischen Jeansrock, der auf der Hüfte saß und bis übers Knie ging, den blickdichten schwarzen Strumpfhosen, dem engen Baumwolltop mit nicht sehr vorteilhaftem Dekolleté, das mehr ihren Bauch als ihre

Brust betonte, und dem von ihrer Mutter geglätteten Haar, von ihrer Mutter, die sie voller Rührung geschminkt hatte, als sei ihre Tochter dank einer Zauberfee zum Jahrgangsball geladen – wie in den Serien, die sie nach ihrem Arbeitstag im Rathaus schaute.

Sie fuhr mit dem Bus zu Clubs, in denen ohrenbetäubender Lärm herrschte. Der Techno war hart und unrhythmisch, die Texte passten in einen Satz, das Wort »Sex« wiederholte sich pausenlos, das Licht war blau und wurde von grünen Strahlen zerhackt, die jeden Körper aufwerteten und begehrenswert machten. Die jungen Männer saßen an den Tischen, waren unfähig zu tanzen und konnten nur stumm saufen, weil der Lärm sie daran hinderte, mit ihren Unglücksgefährten zu reden. Die Mädchen zappelten und stießen zu aufdringliche Verehrer von sich, das Fest war grotesk und animalisch, wie eine riesige, schlecht inszenierte Brautschau.

Sie wartete bis früh um sechs, ehe sie den Club verließ, ohne mit einem einzigen Menschen gesprochen zu haben; sie schämte sich, dass sie so falsch angezogen war, und hatte festgestellt, dass die hässlichsten, aber am meisten entblößten Mädchen ebenso viel Erfolg hatten wie die hübschesten, dass die Männer wie Raubvögel lauerten, dass sie es nicht ertrug, wenn man sie ansah, und sich trotzdem ärgerte, dass das nur selten passierte. Sie fuhr mit dem ersten Bus nach Hause, presste die Beine aneinander und verschränkte die Arme, um ihre Daunenjacke zuzuhalten. Dann schlief sie den ganzen Tag. Die Wochenenden waren anstrengend und nutzlos.

Man sah sicher schon von weitem, dass sie zu prollig war, um von den Söhnen von Zahnärzten oder Stadträten der Mehrheitsparteien in eine Wohnung mit Stuck und Tafelparkett Versailles eingeladen zu werden. Für die Fun-Kultur war sie zu zaghaft und grüblerisch, deshalb fühlte sie sich nirgends am richtigen Platz. Mit niemandem war sie wirklich entspannt, obwohl sie gern bei dem Spiel mitmachen wollte, wo man ihre fröhliche Teilnahme erwartete, immer fühlte es sich so an, als hätte sie einen Absatz der Anleitung verpasst, als würde alles ohne sie laufen. Anstatt traurig zu sein, reagierte sie mit frustriertem Unverständnis.

Einmal hatten ihr vor der Disko ein paar Leute angeboten, sie im Auto mitzunehmen. Der Fahrer war relativ nüchtern, er fuhr geschmeidig und halbwegs sicher. Sie saß hinten, eingequetscht zwischen zwei Mädchen, die mit ihren schwarzen Miniröcken, Netzstrümpfen und hohen Lackleder-Pumps aussahen wie aufreizende Popsängerinnen aus Osteuropa. Ihre Haare rochen leicht nach Erbrochenem, sie schnarchten laut, Speichelbläschen zerplatzten auf ihren Lippen, die Schminke war verlaufen, Mascaraspuren zogen sich über das halbe Gesicht.

»Warst du zum ersten Mal da?«, brüllte der Fahrer, als wäre er immer noch auf der Tanzfläche.
»Nein, ich war schon öfter da, aber …«
»Ist cool, oder?«
»Ja, aber ich steh nicht so auf die Musik.«
»Ja, klar, ist Megakommerz, aber cool!«

Dann machte er das Radio an. Er kannte alle Texte auswendig. Bei David Guetta bewegte er den Kopf im selben Rhythmus wie der Plastik-Wackelhund auf der Ablage. Er fragte sie drei Mal, wo er sie absetzen solle, ließ sie aber nie ausreden. Sie warf einen Blick auf die Mädchen, die friedlich schliefen, wie Kinder, die zu lange aufgeblieben waren. Sie würden beim Fahrer landen und sich beim Aufwachen an nichts erinnern, sie würden einen *tollen Abend* verbracht haben, sie würden sich bestens amüsiert haben. Irgendetwas zwischen Scham und Abscheu hinderte Aurélie daran, so ein Mädchen mit leichtem und flüchtigem Leben zu werden. Sie war ohne jeden religiösen Zwang aufgewachsen, ihre Mutter hielt ihr bei Liebesszenen im Fernsehen nicht die Augen zu, sie hätte offen mit ihren Eltern über Sex reden können, sie waren *aufgeschlossen*. In ihr selbst gab es eine Blockade, das Bedürfnis, sich nicht zu offenbaren, den tiefen Wunsch, Unbekannten nicht gleich alles zu geben, weder ihre Freundschaft noch ihre Möse. Sie war nicht *verklemmt*, aber sie fand, dass plötzlich alles sehr kompliziert geworden war. Das war eine Konstante bei den Leuten, sie hörten nie zu. Ihre Antworten waren immer identisch, zwischen »verstehe« und »endgeil!«. Alle mussten feiern, ohne besonderen Grund, ohne spürbare Begeisterung, man musste unter Leuten sein und Freunde haben, trinken, lachen und es allen zeigen. Das Studentenleben war ein gegenseitiges Überbieten an gesellschaftlicher Selbstverwirklichung.

3

Die Vorlesung über Institutionsgeschichte glich einem etwas anspruchsvolleren Sozialkundeunterricht; die Bücher fielen ihr aus der Hand, sie konnte in den Hörsälen, die sich schon um ein Viertel geleert hatten, nicht mehr mitschreiben. Wer das Jahr wiederholte, wusste schon, dass er nach den Prüfungen am Ende des 1. Semesters doppelt so viel Platz haben würde. Auch sie waren in den ersten Wochen sehr motiviert gewesen und hatten auf ein *gutes Diplom* als Garantie für eine Zukunft im Einfamilienhaus oder Loft, einen Bürojob und blütenweiße Hemden gehofft. Man musste viele Stunden seiner Jugend für Unwichtiges und Halbtagsjobs opfern, ehe man darauf hoffen durfte, sich diesen französischen Traum zu erfüllen. Musste sich in der Lektüre der Gesetzbücher üben, Fälle und Streitsachen lösen, die Erbschaftssteuer begreifen, lernen, die Vorgaben für Vertragsgestaltung zu respektieren, sein Denken formen, das Gute nach dem Gesetz beurteilen, schwer verständliche lateinische Begriffe hören und kulturelle Referenzen hinnehmen, die sie nicht verstand; eigentlich wusste sie nicht viel. Die von dem endlosen Studium blockierten Jahre verlangten beträchtliche finanzielle Ressourcen, über die Aurélie nicht verfügte, und das Stipendium erlaubte ihr nicht, sich von den Eltern zu emanzipieren. Die Eltern hatten sich zunächst aktiv an der Karriereplanung ihrer Tochter, des fleißigsten ihrer drei Kinder, beteiligt, hörten aber bald auf, ihr Fragen zu stellen, und ließen sie *ihr Leben führen*. Sie hatten sie *bis zum Abitur bringen* wollen und begriffen nichts von den Krediten, von denen sie erzählte, verwechselten FSJ und FHS; sie hatten ihre Pflicht anständig erfüllt, das akademische Schicksal ihrer Tochter kümmerte sie nicht mehr.

Es fiel ihr schwer, sie anzulügen und ihnen eine große Motivation vorzugaukeln. Sie hatte keine Interessen, keine Perspektiven, keine Freude mehr. Sie langweilte sich noch viel mehr als am Gymnasium und war nicht gerade zu beneiden, denn sie war praktisch bis zum Ende ihres Studiums bei ihren liebenden, aber unbeholfenen Eltern eingesperrt und stieß sich schmerzhaft an der Realität des nationalen Universitätssystems: kein Beruf unter fünf Jahren Studium, keine Vorbereitungsklasse für die Eliteschulen, kein Geld für eine gute Privatschule. Zwar hatte theoretisch jeder Schüler Zugang zum Hochschulstudium, aber nur ein sehr beschränkter Teil konnte ein Studium aufnehmen, das diesen Namen verdiente. Für die übergroße Mehrheit der jungen Franzosen war die Universität eine Wahl mangels Alternativen, ein Universum, in dem sie geparkt wurden, um die Arbeitslosenzahlen nicht explodieren zu lassen. Tatsächlich hieß *Chancengleichheit* nichts anderes, als dass Hase und Schildkröte an derselben Startlinie standen.

Sie würde also in Fontaine bleiben, bis sie 23 war, was zu diesem Zeitpunkt uralt klang. Bis dahin hatte man mindestens einmal den Kontinent zu Fuß durchquert, in einer Beziehung gelebt, die Namen seiner Kinder ausgewählt und aufgehört, ein ewiger Teenager zu sein. Mit 23 wollte sie Prag gesehen und erste Artikel in der regionalen Tagespresse veröffentlicht haben, Praktikantin in einem Beratungsunternehmen für nachhaltige Entwicklung oder einem Nachrichtensender sein. Sie sehnte sich nach einem Erwachsenenleben, fühlte sich aber im administrativen Treibsand gefangen, aus dem sie offenbar niemand befreien wollte. In dem Lebensabschnitt, den man ihr immer als die *schönsten Jahre* ausgemalt hatte, blieb einfach die Zeit stehen. Sie gehörte weder zur künftigen Elite noch zur nächsten Politikergeneration. Sie gehörte weder zur Zukunft noch zur Gegenwart.

Die Organisation dieser fünf Übergangsjahre zwischen Gymnasium und *Arbeitswelt* verlangte von den meist überforderten Lehrbeauftragten und Dozenten viel Geduld und Talent. Bis dahin hatte Aurélie tatsächlich wenig gelernt oder begriffen. In ihrem Stundenplan standen zwei Wochenstunden für »allgemeine Kultur«, eine Art pädagogisches Atelier, das von einem Doppelgänger von Fabrice Luchini unter Valium geleitet wurde. Ihr Stolz war angekratzt, weil ihr schmerzhaft bewusst wurde, dass sie ihr Abitur ohne große Mühe erlangt hatte, aber auf einem Bildungsniveau, von dem keiner ihrer Großeltern hätte träumen können, immer noch nichts über die Geschichte des Römischen Reichs wusste und keine Fabel von La Fontaine auswendig kannte, während ihre Großmutter, erst Hausfrau, dann Putzfrau und Kantinengehilfin, die Genealogie der Kapetinger aus dem Effeff beherrschte. Sie war eine gute Schülerin im Collège eines Problemviertels gewesen und hatte in einem Gymnasium Abitur gemacht, das in keiner Rangordnung von *L'Express* auftauchte. Sie hatte nichts, um sich hervorzuheben. Weder Aussehen noch Talent, noch irgendeine Begabung.

Zum Dank dafür, dass sie Verwaltungsangestellte und Juradozenten leben ließ, erhielt Aurélie ein monatliches Stipendium von dreihundert Euro. Dieses Geld verschleuderte sie in unkontrollierten Abhebungen von zwanzig Euro, um sich im Schnellimbiss an der Straßenbahnhaltestelle Bibliothèques-Universitaires aufgebackene Croissants und Sandwiches zu kaufen. Aurélie hatte Mühe, den Anfang der Aufwärtsspirale zu finden. Sie hatte keinen direkten Kontakt und keine echten Bekannten, mit denen sie Plattitüden oder *Geheimtipps* hätte austauschen können. Im Gymnasium war der Umgang einfach, ja zwangsläufig gewesen. Sie versuchte zwar, sich im Hörsaal immer auf denselben Platz zu setzen, aber niemand setzte sich zweimal neben sie. Ihr Universitätsleben war von einem absoluten Gefühl der Einsamkeit und von erbarmungsloser Langeweile geprägt, von der ihr schon am Morgen das Mark in den Knochen gefror. Sie nahm ständig zu.

*

Der Herbst hatte dem Winter Platz gemacht, und die Platanen von Grenoble nahmen die widerliche Farbe des Todes an, ein Grünbraun, das die Stadt in Betäubung und Erschöpfung versinken lässt. Die Luft war nasskalt, die Menschen liefen schneller und kauften sich Vitamintabletten. Die Feiertage kamen näher, und die Schaufenster schmückten sich mit blinkenden Lämpchen und bunten Girlanden. In den Mittelgängen der Einkaufszentren türmten sich Berge von Puppen und Plastikspielzeug; die Kinder warteten müde und erschöpft darauf, dass sich der Weihnachtsmann in Finnland mit seinem Sack voller Spielsachen aus dem Carrefour auf den Weg machte.

Aurélie verbrachte die Nachmittage damit, Glühwein zu trinken und Schokoladenriegel zu essen. Sie hatte nicht die geringste Lust, *ihre schönsten Jahre* zwischen Mutter und Vater zu verbringen, sich ihre wöchentlich wiederkehrenden Streits über die richtige Menge Spülmittel auf dem Schwamm, das beim Einseifen unter der Dusche abzustellende Wasser und die immer an die gleiche Stelle zu legende Fernbedienung anzutun. Sie hatte schließlich jeden Tag mit künftigen Anwälten und Juristen zu tun, für diese Posten gab es offenbar ein spezielles Profil, einen besonderen Genotyp.

Ihre Eltern waren finanziell außerstande, ihr eine Entfaltung fern von ihren Diskussionen über die Autoversicherung, die steigende Miete und die Einkaufsorgien im *Hard Discounter* an der Ecke zu ermöglichen. Sonntags aß sie ihre weißen Bohnen aus der Dose vor dem Nachrichtenjournal von TF1. Sie brachte gerade genug Energie auf, um in einem Saal mit kakifarbenen oder braunen Wänden endlose Fahrtheoriestunden zu ertragen. Der Direktor der Fahrschule Mollard war ein unbeholfener und lächerlicher Kerl, einer von denen, die gut Auto fahren, weil die Fahrerlaubnis die einzige Prüfung für Erwachsene ist, die sie bestehen. Nach monatelangem Üben bestand sie die Theorieprüfung im ersten Anlauf. Sie hatte ihre zwanzig Praxisstunden ausgeschöpft, und der größte Teil ihres Stipendiums ging für Extrastunden drauf, die zu einem Gaunerpreis berechnet wurden. Auf den Führerschein hatte sie genauso wenig Lust wie auf das Juradiplom. Vor jeder Stunde war ihr übel. Am Ende erwarteten sie nur die unvermeidlichen Abbuchungen, endloser Papierkram und moralinsaure Vorträge über Geschwindigkeitsbegrenzungen und die einzuhaltenden Fristen für die Absendung diverser Formulare.

Wenn sie an den Schaufenstern der Reisebüros vorbeiging, stockte ihr vor Traurigkeit der Atem. Sie war mit Tintin und Alexandre Dumas aufgewachsen, nun verlangte man von ihr, mit Nadine Morano zur Frau zu werden. Abenteuer und Unvorhergesehenes räumten das Feld für minutiöse Planung und Angst vor dem nächsten Tag, die *road trips* hatten Präventionskursen Platz gemacht, es gab Fernsehspots für Straßenverkehrssicherheit voller Kinder mit gebrochenem Schicksal und gebrochenem Genick, man durfte keinen Sex haben, ohne das Vorleben des *Sexualpartners* zu kennen, noch der kleinste Aspekt des Daseins schien verträglich geregelt und von absolutem Verzicht beherrscht. Alle waren von Sicherheit besessen, Mutlosigkeit und Überdruss füllten die Lungen, die der Staat vor den Gefahren des Tabaks schützen wollte.

4

Man musste die Straßenbahnlinie A nehmen, um in das graue Stadtviertel zu gelangen, wo die Häuser abgeplatzte Fassaden und Blumennamen hatten. Dort gab es fast ebenso viele Satellitenschüsseln und auf den Balkons trocknende Teppiche wie Einwohner. Aus den Küchen der Nachbarn roch es nach Knoblauch, Zwiebel, Tomate und gebratenem Fisch. Der ölige Geruch der Kebabläden verband sich mit Raï'n'B-Songs und endlosen Debatten in einem Kauderwelsch aus Argot und arabischen Beschimpfungen, es gab viele Hunde. Männer mit langem Bart, Djellaba und Nike Air drückten jungen Kerlen mit Basecap und über den Knöcheln hochgekrempelten Trainingshosen die Hand, dann berührten beide ihr Herz und bestellten Grüße an die Familie. Drei Tage nach ihrer Geburt am 27. August 1990 im städtischen Krankenhaus war Aurélie in diesem potenziellen *Problemviertel* am *Stadtrand* angekommen. Sie war drei Jahre nach Benjamin und drei Jahre vor Florian geboren. Die Schwangerschaften waren genau geplant, damit das nächste Kind im ersten Vorschuljahr des Älteren zur Welt kam. Sie wohnten in einer etwas angestaubten Vierzimmerwohnung mit Blümchentapete im Badezimmer und orangen Kacheln in der zu kleinen Küche. Um Platz zu gewinnen, wurden die Einkäufe im Backofen verstaut, die Loggia ersetzte den Keller, in dem zweimal im Jahr eingebrochen wurde. Abends durfte man nicht zu spät nach Hause kommen, die Jungen gingen immer zu zweit raus. Abgesehen von diesen Details war es ein ruhiges Viertel, die Leute lächelten, und Aurélies Eltern hatten nie

Angst um ihr Auto gehabt, nicht mal an Wahlabenden oder nach entscheidenden Fußballspielen. Sie fühlten sich wohl im Frankreich der kleinen Leute, in der grauen Vorstadt, wo es nicht allzu schlecht lief.

Christine Lejeune, geborene Mancini, Jahrgang 1959, arbeitete im Rathaus von Fontaine. Nach jahrelanger Aushilfstätigkeit bei der Schulspeisung war sie 1996 endlich als Reinigungskraft verbeamtet worden. Sie hatte kurzes weißes Haar, das sie unter schlechter, in Ramschläden gekaufter Färbung in beißenden und grellen Tönen verbarg. Sie war als drittes von sieben Kindern von einem Vater mit kalabresischem Akzent und einer aus Burgund stammenden Mutter mit schweren Brüsten und schmaler Taille in einer Sechszimmerwohnung großgezogen worden. Ihr Vater war Arbeiter. Ihr ältester Bruder wurde Arbeiter, die beiden Schwestern machten einen bescheidenen Abschluss als Bürokraft, zwei andere Brüder waren Fernfahrer und Trainer im Rugbyclub einer Gemeinde in Mâcon. Der Jüngste, Arbeiter, seit er siebzehn war, starb mit achtunddreißig an Leukämie. Die Familie versammelte sich nur sehr selten. Für Christine war der Kult der großen Familien etwas Reaktionäres, ja geradezu Tödliches; ihr drittes Kind war nur gezeugt worden, um die *staatlichen Familienleistungen* zu optimieren und vor allem, um den beiden Großen *Gesellschaft zu leisten*. Obwohl sie sich selbst als Feministin bezeichnete, überließ sie Schwangerschaftsabbrüche lieber jungen Mädchen oder Frauen, denen eine Risikoschwangerschaft drohte; sie hatte sich zwei Jahre nach der Geburt von Florian für eine Sterilisierung entschieden. Jeder Silvesterabend wurde zu fünft gefeiert, manchmal mit ihrer Schwester Sylvie, die nie geheiratet und keine Kinder bekommen hatte.

Patrick Lejeune hatte sie mit vierundzwanzig in einem Ferienclub im Hérault kennengelernt. Er war Arbeiter in der Chlorfabrik in Jarrie, groß, brünett, schon ziemlich kahl, aber mit einem tadellosen Lächeln, wenn man von den etwas schiefstehenden unteren Schneidezähnen absah. Er war zurückhaltend, höflich und freundlich, er würde einen guten Ehemann und ordentlichen Familienvater abgeben. Sie waren sich sehr schnell nähergekommen, und Christine war ohne zu zögern zu ihm nach Fontaine gezogen; es war völlig selbstverständlich, für eine *Beziehung* alles aufzugeben, *berufliche Pläne* waren für sie nie eine bedenkenswerte Größe gewesen. Sie hatten ein Jahr gespart, ehe sie heirateten, und nach der Eheschließung in dem modernen Betonplatten-Rathaus mit Blick auf die Straßenbahngleise fand die Trauung in einer Kirche am Rand der Fernverkehrsstraße statt. Für ihr begrenztes Budget waren Essen und Fest völlig in Ordnung, sie lebten in einer Zeit, als ein anständiges Proletarierleben noch möglich war. Sie genossen ihr Leben als junges Paar, kauften sich ein gebrauchtes Auto und unternahmen drei Urlaubsreisen, eine davon nach Süditalien. Ihr ältester Sohn, Benjamin, wurde 1987 geboren und gleich getauft, weil es immer so gewesen war. Zwei Kinder folgten, und die Jahre vergingen ohne große Aufregung oder Dramen, bis auf den Tod von Christines jüngstem Bruder, ihrem Vater und ihren Schwiegereltern.

Patrick Lejeune war 1957 in La Tronche geboren, seine Eltern stammten aus kleinen Dörfern im Département Isère, die im Laufe der Zeit zu einer riesigen Einzelhaussiedlung zusammengewachsen waren. Die Bauernschaft war mit den Jahren verschwunden, Patricks Eltern, die noch Ackerbau und Kaninchenzucht betrieben hatten, kamen nach Grenoble, um zu arbeiten und an den Freuden der modernen Welt teilzuhaben. Sie hatten zwei Kinder sehr früh verloren und einen Jungen und zwei Mädchen großgezogen. Patrick hatte keinen Kontakt mehr zu seinen Schwestern. Nach einer Ausbildung zum Koch hatte er mit achtzehn in der Fabrik in Jarrie angefangen. Sein erstes Kind bekam er mit dreißig, ein vernünftiges Alter, in dem es damals unangemessen gewesen wäre, noch irgendwelche Hobbys oder Post-Teenager-Launen zu pflegen. Er stempelte jeden Morgen pünktlich, nahm seinen Jahresurlaub zu der Zeit, die in der Liste im Pausenraum stand, reservierte seinen Campingplatz im Var lange genug im Voraus, holte seine Kinder vom Judo, Schwimmen, Fechten, Schlagzeug und Fußball ab. Er hatte wenig Humor und überhaupt keinen Ehrgeiz, was als anständige Bescheidenheit angesehen wurde.

Mit diesem Karma hätte Aurélie Lejeune kein anderes Leben als das einer anständigen Familienmutter mit Mindestlohn erwarten dürfen, aber da gab es noch den republikanischen Mythos der Chancengleichheit. Mit den Schuljahren hatte sie die Überzeugung verinnerlicht, dass eine brillante berufliche Zukunft auf sie wartete, wenn sie nur regelmäßig und gründlich ihre Hausaufgaben machte. Journalistin, Universitätsdozentin oder Botschafterin Frankreichs waren Perspektiven, die mit einem Diplom realistisch waren, dieses Diplom wiederum war von unermüdlicher Arbeit abhängig und hatte nicht das Geringste mit der sozialen Herkunft der Studenten zu tun. Parallel zu den Abiturprüfungen hatte sie die gemeinsame Aufnahmeprüfung der Institute für Politikwissenschaften in Aix-en-Provence, Lyon und Grenoble absolviert und konnte mit ihrem Ergebnis zwischen Lyon und Aix wählen.

Mit dem Stipendium hätte sie die Miete für ein Zimmer des Studentenwerks bezahlen können, aber ihre Eltern konnten die anderen Kosten nicht übernehmen. Ihr jüngster Bruder ging in eine Privatschule mit staatlicher Förderung, weil man ihn im Collège Jules-Vallès gemobbt hatte. Außerdem bedrohte die Krise den Arbeitsplatz ihres Vaters, die Firma plante eine baldige Produktionsverlagerung nach China.

*

Aurélies Erfolg bei der Aufnahmeprüfung für Politikwissenschaften hatte also mit einer gewaltigen Enttäuschung geendet. Da sie erst am Ende des Sommers achtzehn wurde, konnte sie nicht jobben. Die von Angstattacken und unerträglichen Bauchschmerzen begleiteten Ferienmonate waren die längsten ihres Lebens. Ganz tief in sich spürte sie deutlich, dass ein großer Teil ihrer Jugendträume jetzt schon jeden Sinn verloren hatte. Sie zweifelte an allem, zuerst an der Verheißung einer Emanzipation, an die sie sich jahrelang geklammert hatte, während sie eine tiefe Abscheu für die Lebensweise ihrer Eltern entwickelte, die dennoch in ihren Genen festgeschrieben war. Ihr älterer Bruder hatte das Abitur mit Nachprüfungen, aber ohne einen Finger krumm zu machen, geschafft. Theoretisch hatten sie die gleiche Qualifikation.

Er hatte sich im ersten Jahr für Spanisch eingeschrieben, um mit dem Stipendium seine Sauferei zu finanzieren, und die Universität nach einem erbärmlichen, alkoholgetränkten Jahr verlassen. Seither arbeitete er als Verkaufsberater in einem Sportgeschäft am Stadtrand, wohnte mit seinem besten

Freund zusammen und meldete sich nur einmal im Monat bei seinen Eltern, sonntags, nachdem er sich vom Samstagabend erholt hatte. Er war in den sozialen Netzen überpräsent und postete jedes Wochenende eine Fotoserie, die ihn mit riesiger Kunststoffbrille, Afroperücke oder geschminkt zeigte, ein Mädchen in jedem Arm, einen Humpen mit billigem Fusel in der rechten Hand und eine Kippe oder eine Tüte in der anderen. Er war die Inkarnation des Konformismus.

Aurélie hatte versucht, sich an die »internationalen« Studenten ranzumachen, um der Langeweile zu entgehen. Sie betreute eine Chinesin, mit der sie im Stadtzentrum Kaffee trank, übergab Informationsmappen für Neuankömmlinge und tauschte in holprigem Esperanto Plattitüden aus, sah in Wohnheimen Fußballspiele und nahm an Sprachpartnerschaften teil. Die einzige Ernte ihrer Bemühung um *Annäherung an den anderen* bestand in frischen, von ihren Gesprächspartnern gepflegten Klischees: In China sind die Städte sehr groß, die Brasilianer feiern gern, die Spanier leben nachts, die Deutschen sind umweltbewusster als die Franzosen. Jeder etwas ernsthaftere Gesprächsversuch scheiterte. Ein beliebiger europäischer Erasmusstudent wusste nicht viel mehr über das Leben in seinem Land als ein Franzose; das Einzige, was zählte, war die an einem Abend konsumierte Alkoholmenge.

Sie ging zu allen Gratisfilmvorführungen und Gratiskonzerten auf dem Campus; dann fuhr sie mit der letzten Straßenbahn nach Hause, allein. Sie beobachtete die *Gruppen von Freunden*, die beim Gestikulieren ihr Bier verschütteten, sich mit rausgestreckter Zunge fotografierten, einander lächerliche Spitznamen gaben und auf den Hintern klatschten. Ständig ging es um Sex, gab es anzügliches Grinsen, obszöne Witze und gekünstelten Humor, eine demonstrative Fröhlichkeit, bei der sie sich sehr unwohl fühlte.

Bei einer Fellini-Retrospektive lernte sie Claudio kennen, einen etwa dreißigjährigen, spindeldürren Italiener mit runder Brille und krummen Beinen, Doktorand in Literatur. Sie behauptete, sie sei da, weil ihre Mutter Italienerin sei. Er fragte, aus welcher Region sie komme, sie antwortete mit gewollt tiefer Stimme »Kalabrien«. Er lächelte, wahrscheinlich war er an Franzosen gewöhnt, die behaupteten, Italienisch zu können, um dann ein »a« an die Wortenden zu hängen, oder alles zu verstehen, ohne die einfachste Antwort herauszubringen.

Er hatte dünne Lippen, zu lange Schneidezähne und braunen Flaum auf den Wangen. Er hasste Berlusconi und liebte Moretti. Er kannte die Lieder von Luigi Tenco auswendig, hüpfte singend die Straßen entlang und versicherte, das Leben sei schön und man müsse verrückt sein. Er deklamierte Verse aus der *Göttlichen Komödie* und streckte mitten auf der Straße die Arme gen Himmel, aber niemand achtete darauf. Aurélie sah nur mühsam die Verrücktheit in seinem grotesken Gehopse und den vielfältigen Versuchen, sie von seiner Einzigartigkeit zu überzeugen. Sie beobachtete die Studenten den ganzen Tag, und er unterschied sich nicht von den anderen, abgesehen von seinem extrem dünnen Körper und seinem Gesicht, das den Mythos des italienischen Schönlings Lügen strafte. Sie hatte noch keine zehn Worte Italienisch von ihm gelernt, und als sie eines Abends ganz naiv zu ihm kam, um sich ein Buch auszuleihen, versuchte er sie zu küssen. Sie fühlte sich missbraucht und ziemlich bescheuert, plötzlich wurden ihr die eigene Verletzlichkeit und ihre absolute Ahnungslosigkeit hinsichtlich der Andeutungen bewusst, die das Sexualleben der Leute regelten. Sie war grundsätzlich nicht abgeneigt, aber an Claudio zog sie rein gar nichts an. Seine schrille Stimme ebenso wenig wie der übertriebene Akzent und die Locken, die mehr nach Dauerwelle als nach Apolls Mähne aussahen. Sie sagte mit zitternder Stimme und vor Verlegenheit dunkelroten Wangen, sie wolle nicht mit ihm schlafen.

»Ich wollte dich nur küssen!«, schwor er und presste die Hand aufs Herz, wie ein Dieb, der für nicht schuldig plädiert. »Ich kann doch nichts dafür, dass du so hübsch bist«, flötete er halbherzig, ohne große Überzeugung, mit lüsternem, funkelndem Blick, schieläugiger denn je. Sie fand die Heuchelei des abgewiesenen Mannes lächerlich und beängstigend, spürte instinktiv, dass er ebenso albern wie bösartig werden konnte, wenn sein Ego angekratzt wurde. Er hatte sich nicht die Mühe gemacht, das Mädchen Abende lang mitzuschleifen, um dann nicht mal in ihr ejakulieren zu können! Er hatte Verse deklamiert, die seit der Schule irgendwo in sein Kleinhirn gequetscht vor sich hin rosteten, hatte gestikuliert und in schlechten Restaurants mit Mandoline an der Wand widerliche Antipasti bezahlt – er hatte das Recht erworben, sie in sein Bett zu legen, das war eine klare und unwiderlegbare Schlussfolgerung. Deshalb wurde er schnell unangenehm: »Du wusstest genau, dass du nicht wegen einem Buch herkommst, sei nicht so verklemmt, komm schon ...« Er kam mit gespitzten Lippen auf sie zu, seine trockenen Hände schlossen sich um ihre Handgelenke. Sie wusste, dass es für sie an ihrem eigenen Körper noch viel zu entdecken gab, sie wollte diese Lust kennenlernen, fast die letzte, die es noch gratis gab. Sie wollte sich großzügig zeigen und ohne Furcht die Beine breit machen, genüsslich den Mund öffnen. Sie suchte keine Befriedigung, sondern Vertrauen, was viel schwerer zu finden war. Sie wurde gegen ihren Willen genommen, direkt auf dem Fußboden, mit einem ebenso kurzen wie lächerlichen Koitus, der ein brennendes Gefühl von Scham und Abscheu hinterließ.

*

Nach ein paar Wochen auf dem Campus hatte sie beschlossen, sich einen Job zu suchen. Zuerst verteilte sie auf Skatern Flyer in der Stadt und früh um 6.30 Uhr Gratiszeitungen an den Straßenbahnhaltestellen. In allen Anzeigen wurden ausführliche Motivationsschreiben verlangt. Das war eine schwierige Angelegenheit, sie konnte unmöglich schreiben, dass sie sich nur wegen des Geldes bewerbe, also übte sie sich in der Kunst, Phrasen aneinanderzureihen, in denen von »Dienst am Kunden«, »hervorragendem Engagement« und »der Chance, die Sie mir geben würden« die Rede war. Über die Webseite des Jobcenters bewarb sie sich auf eine Stelle als *Reinigungskraft*, dabei dachte sie an ihre Mutter und hatte das schreckliche Gefühl, Zolas Thesen vom Determinismus zu bestätigen. Den Autor hatte sie schon immer verabscheut. Sowieso las sie nicht mehr.

Alejandro lernte sie mit dem Mikrofasertuch in der Hand kennen, während er seinen Wagen mit Eimern, Lappen und Desinfektionstüchern schob. Seine schwarzen Gummihandschuhe rutschten. Er hörte bei der Arbeit Musik, sang aber nicht mit, seine Lippen bewegten sich nicht, sein Fuß klopfte nicht den Takt, seine Finger imitierten keinen Rhythmus, er blieb total reglos. Sie trug ein vom Bruder geerbtes Kapuzenshirt und hatte die Haare in einem altmodischen Pferdeschwanz zusammengebunden. An Hals und Wangen hatte sie immer noch kleine Pickel, die von der schlechten Qualität ihrer Ernährung zeugten. Ihre Finger waren von Modeschmuck, der kein Wasser vertrug, blau verfärbt. Wenigstens die grünen Augen ihres Vaters, deren Mandelform dem Gesicht etwas Charakter verlieh, hatte sie geerbt. Er war nicht viel größer als sie, aber mit seinem Kopf hätte er in einem Historienfilm mitspielen und sich in der dreizehnten Minute von einem Conquistador umlegen lassen können. Durch eine Verkettung schwer nachvollziehbarer Zufälle waren sie im selben Moment am selben Ort gestrandet.

5

Malika, ihre Managerin, gehörte zu der Sorte Menschen, die mit der Selbstgefälligkeit, sich nichts mehr beweisen zu müssen, den größten Unsinn erzählen und in jedem Satz einen Fehler machen. Sie bewegte sich durch *ihr Wohnheim* wie eine Puffmutter, überwachte hier das Abschaben der Fliesen, da die Desinfektion der Waschbecken, presste die Lippen zusammen und fuhr mit den Fingern, deren Nägel eine tadellose French Manicure zierte, über die gereinigten Flächen.

»Hast du den Sanitärbereich geputzt und das Formular zur Kontrolle der Sauberkeit von Räumen für die Intimhygiene ausgefüllt?« »Du kommst zu spät – wahrscheinlich begreifst du nicht, was für ein Glück du hast, hier zu arbeiten!«

Immer wieder verfiel sie in ihre normale Stimme, irgendwo zwischen Marktweib und nordafrikanischer Arletty, wenn sie die Angestellten daran erinnerte, was für ein Privileg es war, zum Start in einen jeden Tag die Schamhaare in den Waschbecken der Studentenzimmer einzusammeln. Sie platzte fast vor Stolz und Wichtigkeit in dieser Rolle, die ihr zum ersten Mal im Leben *Verantwortung* übertrug. Sie hatte eine maßlose Leidenschaft für Predigten über *Arbeitsmoral*, *Initiative* und *Engagement* bei der Arbeit, als ermesse sich die Größe eines Individuums an seiner Fähigkeit, jede mit sieben Euro siebzig pro Stunde entlohnte Aufgabe ernst zu nehmen. Sie trug stets eine zu enge schwarze Acrylhose, unter der sich die

Cellulite an ihren Schenkeln abzeichnete, und man ahnte, dass sie nur Strings trug, wahrscheinlich, um den Abdruck der Unterhose zu vermeiden. Sie hatte spitze Pumps in Python-Imitat und eine riesige Guess-Uhr am Handgelenk. Die Marken, die sie sich leisten konnte, präsentierte sie mit einem protzigen, geschmacklosen, von französischen R'n'B-Videoclips inspirierten Luxus. Über dem schwarzen Polyester-Blazer fielen die dichten schwarzen, mit dem Glätteisen bearbeiteten Haare mit abgebrochenen Spitzen fast senkrecht auf die Schultern. Sie sprach gern über ihr *Schicksal* und ihre *Lebenserfahrung* und verlangte das Beste von *ihren Angestellten*, obwohl sie tatsächlich nur eine ehemalige Putzfrau war, die man zur Kontrolle der *Standorte* befördert hatte, um den Kunden die Illusion eines dynamischen KMU zu vermitteln. Malika liebte es, *Konflikte zu lösen*, sie war *für die Diplomatie geschaffen*. Ihr winziger Hals verschwand unter vermeintlichen Markentüchern, Aurélie sah sie jeden Tag mit einem anderen. Sie spürte, wie Alejandro nervös wurde, sobald sie auftauchte, auch seine Augen richteten sich auf die Details, die ihr bereits aufgefallen waren. Er war ein genauer und diskreter Beobachter.

Als sie sich auf dem Campus über den Weg liefen, lud er sie zum Essen ein. Sie sagte ohne zu zögern und mit strahlendem Lächeln zu, und er war etwas überrascht von dieser Begeisterung. Im Spiel der Beziehungsanbahnung sah er eher schmollende Mündchen junger Frauen, die sich subtil verweigerten, um in den Genuss höflicher und gezwungenungezwungener SMS zu kommen. Er musste immer mehrere Bier bezahlen, bevor er eine Studentin küssen durfte, auf die er überhaupt keine Lust hatte. Das rundliche Mädchen mit dem diskreten Hintern gefiel ihm schon eine ganze Weile. Er mochte es, dass sie nicht an alle Küsschen verteilte, wenn sie zur Arbeit kam, er hasste diesen französischen Tick, sich an der Wange gänzlich Unbekannter zu reiben und dabei widerliche Sauggeräusche zu machen. Hin und wieder hatte er sie in der Straßenbahn gesehen, wo sie mit den Händen unter den Knien alles beobachtete, was vorbeizog. Sie schminkte sich nie und gab zu, kein Wort Spanisch zu sprechen.

Als sie zu ihm kam, trug sie etwas besser geschnittene, aber abgewetzte Jeans. Sie hatte leichte x-Beine und runde Schenkel, wahrscheinlich rieben sich ihre Hosen sehr schnell ab. Dazu hatte sie ein schwarzes Oberteil mit V-Ausschnitt angezogen. Ihr Dekolleté war weiß und makellos bis auf einen Leberfleck zwischen den Brüsten. Sie hatte sich parfümiert, ein sehr süßlicher Duft nach Sonderverkauf oder Supermarkt, aber nicht unangenehm. Er ging raus, um ihr einen Döner zu kaufen, und ließ sie allein bei sich. Sie betrachtete seine Regale voll gebraucht gekaufter Bücher, die von den Vorbesitzern mit Eselsohren und Notizen versehen worden waren. Einige Namen las sie zum ersten Mal: Cortázar, Borges, Vallejo, Benedetti. Daneben standen *Mond über Manhattan* auf Spanisch, *Die Pest* und ein Comic: *Die Katze des Rabbiners*. Es gab kein Bett, nur eine Matratze direkt auf dem Boden, darauf ein etwas schmuddeliges Laken und ein zusammengedrücktes Kopfkissen. Auf einem Pappnachttisch, wahrscheinlich IKEA, stand ein apfelgrüner Computer. Darauf klebte ein Sticker mit einer revolutionären Losung auf Spanisch. In der anderen Ecke des Zimmers, an das sich eine Miniküche anschloss, stand ein kleiner Resopaltisch voller Krümel und ungewaschenem Geschirr. Es gab nur einen einzigen Stuhl.

Sie fühlte sich in dieser etwas heruntergekommenen Umgebung wohl. Alejandro kam mit einem Döner ohne Zwiebel mit weißer Soße und einem Becher Fritten zurück, die in knallrotem, sehr süßem Ketchup schwammen.

Sie sprachen wenig, aber über wichtige Dinge. Er war der Erste, dem sie von der Einsamkeit des Studentenlebens, der Langeweile bei den Vorlesungen, dem Gefühl des Verlassenseins von ihren Eltern und von den Schulkameraden erzählte, die sich nicht mehr bei ihr meldeten. Sie gestand ihm, dass sie eine wachsende Kluft zwischen sich und ihrer Familie verspürte, aber weder intellektuelle noch finanzielle Mittel besaß, um ihrem Milieu zu entfliehen.

»In der Diele meiner Alten – weißt du, was die Alten bedeutet? – steht ein weißer Schuhschrank. Meine Eltern haben ihn für zehn, zwanzig Euro bei But oder Conforama gekauft. Meine Mutter hat den Verkäufer mit Fragen gelöchert, als wollte sie ein Eichenbuffet erwerben, das für Generationen in der Familie bleiben soll. Ich habe ihm angesehen, dass er sich fragte, was er da eigentlich tut. Und ich habe mich gefragt, wie er in diesem Plastikmöbellager gelandet ist, um sich den Schwachsinn einer Hausfrau anzuhören. Meiner Mutter schien dieser Kauf so wichtig, du hättest sie sehen müssen … Sie erklärte meinem Vater, dass sie mit ihren Schuhen hätten kommen sollen, um zu sehen, wie viele Paare Pumps in die obere Schublade passen, und sie fragte sich, wie man das Problem der stinkenden Turnschuhe lösen sollte … Jetzt hat meine Mutter die Lösung gefunden: Sie legt ein parfümiertes Läppchen auf den Schrank und desinfiziert jeden Tag die Griffe. Manchmal riecht es nach Lavendel oder Meer, aber der künstliche Duft ist nie stark genug, um den Fußgeruch zu überdecken, du kannst dir vorstellen, was das für eine widerliche Mischung ist … Meine Mutter kauft etwas, weil es nicht teuer ist. Und prompt gefällt es ihr. Mit dieser dämlichen Armenlogik hat sie das Gefühl, nur Sachen zu kaufen, die ihr gefallen. Also kauft sie im Februar Plastiksandalen, Pizza mit Meeresfrüchten im Sonderangebot oder Surimi in einer Dreißigerpackung, die bald abgelaufen ist, weshalb wir uns damit vollstopfen müssen. Ich habe nie begriffen, wie man so von Sauberkeit und allem *Praktischen* besessen sein kann. Sie hat die Wohnung voll im Griff, und uns hat nie etwas gefehlt. Aber es ist so, als würde ihr Leben nur bis zum nächsten Einkauf gehen, als würde alles davon abhängen, was ihre Kolleginnen über ihre Einrichtung sagen, wenn sie zu Besuch kommen, um abscheulichen Instantkaffee zu trinken. Manchmal denke ich, ich rede mit ihr genauso, wie ich mit einer Oma in der Straßenbahn oder in der Warteschlange an der Kasse aus Höflichkeit Konversation mache. Sie wollte nie eine Katze haben, weil ihr der Gestank der Pisse zuwider war, wir machen kein Raclette, weil es so stark riecht, wir laden die Familie nicht ein, weil man dann den Tisch ausklappen muss und das nicht praktisch ist, ich habe nie Freunde nach Hause mitgebracht, weil das alle total nervös machte … Mit meinem Vater ist es einfach, er sagt gar nichts. Er ist nicht glücklich, aber er würde zum Mörder werden, um dieses Leben zu behalten, mit dieser Nervensäge von Frau, die er gernhat und die ihm jede Entscheidung abnimmt. Er arbeitet und bringt genug Geld nach Hause, um die Maschine am Laufen zu halten. Sogar zuhause bleibt er Arbeiter, und meine Mutter ist der Chef, der alles kontrolliert. Er geht immer zur Wahl und ich habe den Verdacht, dass er es liebt, die Steuererklärung auszuzufüllen. Was meinst du, wie er sich bei meiner Einschreibung an der Uni reingehängt hat. Er hat alle Angebote der Studentenversicherungen unter die Lupe genommen und mir die empfohlen, die am günstigsten ist.«

Ihr jüngerer Bruder störte sie nicht, aber sie empfand auch keine große Zuneigung für ihn. Er war ein blasser Teenager, der seine *Krise* noch nicht hinter sich hatte, mochte schöne Autos und hatte Ferrari-Poster in seinem Zimmer. Abends hörte sie ihn hecheln, nachdem er sich auf Zehenspitzen Küchenpapier geholt hatte. Sie fand ihn albern und dumm. Sie hatte keine beruflichen Pläne, auch keine akademischen, zu den Vorlesungen ging sie nur noch aus Gewohnheit und um die Zeit totzuschlagen. Es fühlte sich an, als wäre ihr Leben stehengeblieben. Das Einzige, was ihr die heiß ersehnte Volljährigkeit gebracht hatte, war, dass sie ihre Einkäufe mit einer Chipkarte begleichen durfte. Irgendwas hatte sie verpasst, obwohl sie alle Anweisungen befolgt hatte und der Funktionsweise der Republik treu geblieben war. Sie war eifrig, diszipliniert, konsequent und offen. Sie hatte keine Angst vor geistiger Arbeit, auch nicht vor körperlicher Anstrengung. Sie wollte nur irgendwas erreichen und wartete darauf, dass *etwas passierte*. Aber es passierte nichts.

Ihn berührten diese Gespräche, mit seinen Landsleuten erreichte er nie so ein Maß an Aufrichtigkeit. Er erzählte ihr von seinen Schwierigkeiten, nach Frankreich zu kommen, von der Langeweile in den Vorlesungen, der Mutlosigkeit am Ende eines Tages zwischen sterilem Universitätsgelaber und Besenschwenken, um die Stromrechnung und ein paar Gläser eingelegtes Gemüse zu bezahlen, den Verwaltungsschikanen und der Quasi-Unmöglichkeit, seine Probleme mit dem Ausländeramt zu klären, weil die Warteschlangen jedes Mal länger waren und die Öffnungszeiten unverschämt kurz. Er litt unter der Anti-Einwandererstimmung, die sich unter den Franzosen breitmachte, von wegen »Wir schuften und die kommen hier an und kriegen alles in den Hintern gesteckt«. Im Alltag war Einwanderung ein Härtetest, Berge von Formularen für alles und Jobs, die man nicht ablehnen konnte, um nicht als Schmarotzer beschimpft zu werden. O nein, ihm war nichts auf dem Silbertablett serviert worden! Bei den Witzen seiner Kommilitonen über die FARC konnte er nur böse lachen, wenn er Joe Arroyo hörte, war ihm zum Weinen, aber seine daheimgebliebenen Freunde konnte er trotzdem nicht vom Schwindel der Auswanderung überzeugen.

Er sprach von seiner Familie, die ihm schrecklich fehlte. Im Gegensatz zu Aurélie mochte er seine vielen Cousins, die Onkel und Tanten vergötterten ihn, er hatte unterschätzt, wie schwer es war, ohne sie zu leben. Trotz seines relativ intensiven *Soziallebens* mit treuen Freunden und zuverlässigen Bekannten fühlte er sich auch allein. Er hatte sich immer gewünscht, nach Europa zu kommen, aber nun fehlte ihm das Geld, um nach Genf oder London zu reisen. Es frustrierte ihn, dass er einen Ozean überquert hatte und dann nicht mal über den Ärmelkanal oder für zwei Tage nach Brüssel fahren konnte. Er wusste auch nicht mehr so richtig, was ihn abgesehen von seiner Abneigung gegen Kolumbien in dieser prekären Situation zurückhielt. Er war hergekommen, um sich zu bilden, aber er lernte nichts, und die Tage vergingen, ohne dass er etwas Sinnvolles zustande brachte, das er nicht auch in seinem Land hätte tun können. Es hörte sich komisch an, aber er hatte viel verloren, als er nach Frankreich kam. Armut hatte er erst in Grenoble kennengelernt. In Bogotá hatte er immer bei seinen Eltern gelebt, die ein kleines Haus in einem netten Wohnviertel besaßen. Nachdem er bei der Aufnahmeprüfung für die staatliche Universität durchgefallen war, hatten sie ihm ohne größere finanzielle Opfer eine Privatuniversität finanziert. Jedes Jahr fuhr die Familie in den Weihnachtsferien auf die Insel San Andrés. In Kolumbien gehörte er zur oberen Mittelschicht, die stolz den Erfolg ihrer Kinder im Ausland oder als Rückkehrer im Dienste eines amerikanischen oder europäischen Unternehmens verfolgte.

»Die Kolumbianer sind sehr patriotisch. Den ganzen Tag erzählen sie, dass sie im schönsten Land der Welt leben, dass Gott Kolumbien geschaffen hat, dass es das einzige südamerikanische Land mit einer Atlantik- *und* einer Pazifikküste ist. Wir sind stolz auf den Amazonas, die Anden … Als hätten wir sie uns verdient! Vor jedem Haus hängt eine kolumbianische Fahne, die Auswanderer tragen sie als Armband ums Handgelenk. Überall siehst du diese gottverdammten drei Farben. Aber Erfolg heißt für eine kolumbianische Mutter, dass ihr Sohn in Europa seinen Master macht. Das Allergrößte sind die USA, nur hat niemand das Geld, sich dort ein Studium zu leisten. Wir sind stolz auf unser Land, aber Erfolg heißt, es zu verlassen und nur noch in den Ferien nach Hause zu kommen und nur, um der Familie zu zeigen, wie viel besser es uns anderswo geht. Dann sind wir das Vorbild für die Jüngeren. An der Oberschule nervt man die Jungs mit dem älteren Cousin, der es zu was gebracht hat, weil er in der Schule fleißig war, man redet ihnen Komplexe ein, damit auch sie nur noch einen Gedanken im Kopf haben: Bloß weg hier!

Jeder Erfolg im Ausland beruht auf dem Wunsch, die Jüngeren mit seinem Vorbild zu erschlagen. Wir erfinden eine Geschichte für die Familie, wir trauen uns nicht, vor unseren Eltern, die nie woanders gelebt haben, zuzugeben, dass wir Hamburger braten und Bier servieren, um eine erbärmliche Miniwohnung zu bezahlen. Egal, was du für Probleme hast, wenn du im Ausland bist, ist alles in Ordnung. Für deine Familie kann nur alles in Ordnung sein, weil du nicht in Kolumbien bist. Aber was soll dann der ganze Stolz, dieser Patriotismus?«

Er hatte nur einen leichten Akzent und rollte das »r«, wenn er Kolumbien sagte, hörte man eher ein »om«. Er sprach fließend, suchte aber nach den richtigen Worten, um sich klar auszudrücken. Er sprach ein sorgfältiges, aber nicht mühsames Französisch.

»Ich wollte immer nach Europa kommen, weil mich Kolumbien genervt hat. Es ist ein anstrengendes Land. Hier gehst du ins Kino, ohne groß nachzudenken. Du kannst früh um drei mit dem Fahrrad nach Hause fahren, und wenn dich auf der Straße jemand anrempelt, entschuldigt er sich. Du betrittst einen Fahrstuhl, die Leute sagen Hallo und Auf Wiedersehen, bieten dir an, deine Etage zu drücken. Manchmal habe ich das Gefühl, in einem riesigen Café gelandet zu sein, wo alle lächeln und wie Automaten Höflichkeitsfloskeln ausspucken. Die Leute meinen es gut, aber manchmal reden sie mit mir, als wäre ich ein Trottel oder als Baby vom Wickeltisch gefallen … So sagt man doch, *no*? Sie betonen jede Silbe einzeln und sehen mir dabei in die Augen, als wäre ich ein Kind, das nichts begreift. Dabei lesen sie nicht mal ein Buch pro Jahr! Sie sind nett, aber machen nichts aus dem, was sie haben. Sie haben gratis Zugang zur Bibliothek und zu Vorträgen, das staatliche Radio ist ziemlich anspruchsvoll, aber beim Tag der offenen Tür des MC2 siehst du nur Rentner. Ihr macht einfach nichts. Ihr seid nett und gesittet, man kann sich euch gut als Führungskräfte in jedem beliebigen Land der Welt vorstellen, aber bestimmt nicht beim Kloputzen. Ihr seid gut erzogen, gut ausgebildet, gut gekleidet, aber überhaupt nicht anpassungsfähig. Wir können unser Nest an jedem Ort der Welt bauen.«

6

Dank der regelmäßigen und immer häufiger werdenden Besuche bei Alejandro war der Winter erträglich. Sie blieb jeden zweiten Abend bei ihm; es war ihr bald zuwider, bei ihren Eltern zu schlafen, sich in ihrem schmalen Bett zwischen die kalten Laken zu legen, über sich die Poster ihrer Jugend von Sängern, die sie inzwischen verachtete. Sie sehnte sich entsetzlich nach dem zarten Körper ihres Liebhabers, der immer dick eingemummelt war, weil er aus Sparsamkeit nicht heizte. In Kolumbien hatte es nur einmal null Grad gegeben, die Alten sprachen immer noch davon. Bei den endlosen Besäufnissen, die ihm die Energie für die Woche gaben, hatte sie ein paar seiner Freunde kennengelernt; es war ein Klischee, und sie hasste Klischees, aber es war ein *warmherziges Volk*. Bis auf Rum vertrug sie Alkohol gut. Sie war immer freundlich und lächelte, fühlte sich in jeder Küche, jedem Zimmer, jeder Shisha-Bar wohl. Sie war auch nicht anspruchsvoll und begnügte sich mit einem Teller Pasta an einer Tischecke oder einem Schluck aus der Flasche, die von Hand zu Hand ging.

Sie strahlte, wenn er mit ihr ausging, ohne ihn unternahm sie nichts. Sie vertrug beeindruckende Mengen Bier, was ihr in der oft anzüglichen, aber freundlichen Tischrunde Sympathiepunkte einbrachte. Sie tanzte sehr schlecht Salsa, aber alle taten, als wären sie beeindruckt, wenn sie schwerfällig die Beine bewegte, alle mochten sie, und Alejandro war sehr stolz, einmal eine Französin in sein Bett gelockt zu haben, für die er sich nicht schämen musste. In der Öffentlichkeit küssten sie sich nicht und hielten nicht Händchen. Die Kolumbianer stellten keine Fragen, der offizielle Status ihrer Beziehung war ihnen völlig egal; sie wussten, dass ihr Kumpel regelmäßig Sex hatte und besser drauf war. Der Rest war Altweibertratsch. Sie waren nicht richtig *zusammen*, das hatte er ihr ohne Umschweife gesagt, als sie vorgeschlagen hatte, ihn ihren Eltern vorzustellen. »Ehrlich gesagt glaube ich nicht an Paarbeziehungen. Ich will dir nicht wehtun oder dich ärgern. Wir haben etwas Gutes, etwas sehr, sehr Gutes zusammen, aber wenn wir das irgendwie offiziell machen, geht es den Bach runter. Bei mir waren alle Beziehungen Katastrophen. Ich muss *meine Freiheit behalten*.«

Sie wusste ganz sicher, dass sie die einzige Frau war, mit der er *etwas hatte*. Sie akzeptierte die von ihm diktierte Regel, um ihm eine Freude zu machen und zu bewahren, was das Wichtigste war. Sollte er es doch nennen, wie er wollte, praktisch verbrachte er die Hälfte seiner Zeit mit ihr, kam in ihr zum Orgasmus, unterhielt sich gern mit ihr, zog sie an den Haaren, briet ihr *Patacones* und legte den Kopf in ihren Schoß, was ihr mit Abstand das Liebste war. Ihre Beziehung war sanft und zärtlich, weder ein *One-Night-Stand* noch eine *Sex-Freundschaft*, wie sie gerade in Mode war. Sie respektierte seine Neurose gegen die Paarbeziehung nicht ohne Stolz: Sie konnte ihn *akzeptieren, wie er war*; sie war keine vereinnahmende, eifersüchtige und neurotische Frau wie Diana, seine kolumbianische Ex, gegen die sie eine maßlose Abneigung hegte.

Ihre Zuneigung brachte sie zum Strahlen: Sie hatte abgenommen, und ihr Teint war reiner; durch ein Wunder hatte sie die Erstsemesterprüfungen bestanden. Sie hatte *Rayuela* auf Französisch gelesen (was für ihn hieß, es nicht gelesen zu haben), ihre Spanischbücher aus der Oberstufe hervorgeholt, Radiohead, Tool, Morcheeba, Sidestepper, Totó la Momposina, Depeche Mode und Silvio Rodriguez entdeckt. Zuhause hörte sie alles, was er ihr vorspielte; alles gefiel ihr, denn bevor sie ihm begegnet war, hatte sie überhaupt keinen Musikgeschmack gehabt. Ihre Eltern sahen *Les 100 plus grands* und die Schlagersendungen am Samstagabend auf TF1. Durch Alejandro entdeckte sie die wahre französische Musik und die Filme von Fellini, Peckinpah und Miyazaki. Ihr Wissensdurst war neu geweckt, sie war wieder neugierig und imstande, zwischen zwei erotischen und zärtlichen Gedanken den ganzen Tag zu lesen.

Er war das Zentrum ihres Universums, seine Abwesenheit wurde immer unerträglicher; sie verlor sich in ihrer Liebe, dem ersten starken und mächtigen Gefühl, das sie je empfunden hatte. Sie verspürte maßlosen Hunger auf seinen Körper, seinen Geruch, seine Worte. Er war der Gegenstand ihrer Träume, das Herz ihrer Pläne; die Fortsetzung ihres Studiums war unwichtig, sie wollte Grenoble nicht mehr verlassen. Wenn sie ihn nicht sah, öffnete sich in ihrer Brust ein klaffendes Loch, die Stunden ohne ihn waren endlos. Sobald sie seine Wohnung verließ, verblühte sie, erlosch ihr Strahlen, wurde sie mürrisch und hart. Sie bekam nicht genug davon, ihn in seiner Unordnung zu erleben, wenn er einen Topf suchte, um ihr etwas zu kochen, und dabei in einem Bogotá-Jargon fluchte, der typisch für sein Viertel war, wie er ihr erklärte. Er schickte lakonische Nachrichten, von denen sie jedes Wort drehte und wendete, immer auf der Suche nach einem verborgenen Sinn oder einer unterdrückten Gefühlsäußerung. Er war introvertiert, wirkte aber immer zufriedener, wenn sie vor seiner Tür stand. Er plauderte gern mit dem Mädchen, das anderen gegenüber immer zurückhaltend, in seinen Armen aber völlig enthemmt war, strahlte, aus Leidenschaft für ihn geradezu explodierte. Sie hätte sich von der Liebe auffressen lassen, hätte alles getan, um jeden Augenblick mit ihm zu verbringen, und diese unerschütterliche Leidenschaft, die für zwei, für zehn, für hundert gereicht hätte, gab ihr den Geschmack an ganz einfachen Dingen zurück, die sie bis dahin vernachlässigt hatte.

Sie fragte sich, wie wohl ihre Kinder aussehen würden, natürlich war sie bereit, ihnen spanische Namen zu geben, er war viel stärker *verwurzelt* als sie. Dabei kannte er von seinem Heimatland nur die riesige Hauptstadt, in der er aufgewachsen war und die er nur verlassen hatte, um auszuwandern. Sie erzählte niemandem von ihm, sie hätte Mühe gehabt zu beschreiben, was er für sie bedeutete. Er war ihr Vertrauter, ihr Liebhaber, ihre Liebe, aber auf keinen Fall ihr *Liebster*. *Mein Freund* war verboten, und diese komplexe Situation erfüllte sie mit lächerlichem Stolz. Sie war wie Claudio geworden, der italienische Asphalt-Kaskadeur: überzeugt von ihrer Einzigartigkeit in ihrer hoffnungslosen Banalität. Sie liebte zum ersten Mal im Leben einen Mann und suchte ständig nach Superlativen und oft kitschigen Metaphern, um ihre Liebe auszudrücken. Sie hatte kein einziges Foto von ihm. Sie war überzeugt, dass niemand jemals eine Liebe wie ihre empfunden hatte. Sie fand die »offiziellen« Paare lächerlich und freute sich, die Konventionen zu sprengen, denen sie sich doch nur allzu gern unterworfen hätte.

*

Mit ihm *auszugehen* war ohne Exotik; sie sprachen nur Französisch und über sehr französische Themen. Manchmal fragte sie ihn nach Kolumbien, aber er wich der Antwort aus; sie war nie in Südamerika gewesen und unterschätzte das Chaos der Gesellschaft, aus der er stammte. Sie war zwar arm, aber in einem Land aufgewachsen, in dem niemand an Unterernährung litt. Die Universitäten standen jedem Abiturienten offen, die medizinische Versorgung war kostenlos, gegen jedes Wehwehchen gab es in jeder Apotheke ein geeignetes Mittel. Hier diskutierte man über die Zugänglichkeit öffentlicher Einrichtungen für *Personen mit eingeschränkter Mobilität*, markierte die Bürgersteige für *Nicht-Sehende*, kämpfte gegen geschmacklose homophobe Witze. Die Verteidigung des Prinzips der Gleichheit aller Bürger wurde auf die Spitze getrieben; wenn er Talkshows sah, dachte er oft, er spinnt, vor allem bei Yves Calvi; Christophe Barbier kam ihm vor wie eine Comicfigur. Wenn er darüber mit Franzosen reden wollte, war die häufigste Antwort, »Oh! Ein Kolumbianer, der Barbier kennt, das ist ja lustig!« Das war eine der unangenehmen und nervenden Begleiterscheinungen seines Exillebens: Die Kluft zu seinen daheimgebliebenen Freunden wurde immer größer, und von den Franzosen, mit denen er sich gern als assimilierter Mitbürger unterhalten hätte, wurde er immer auf seinen Status als Ausländer verwiesen.

In Frankreich bemühte man sich wirklich um die Demokratisierung des Wissens und der Kultur; Opernkarten für neun Euro oder Musikschulen, deren Kosten sich am Haushaltseinkommen orientierten, beeindruckten ihn. Er hörte manchmal France Culture und amüsierte sich schon über den Sendernamen, der zwei Konzepte vereinte: der Landesname und Kultur als Schlüsselwort. Kolumbien war keine egalitäre Gesellschaft und versuchte auch gar nicht, so zu tun; die Reichsten hatten die besten Plätze – diese Tatsache wurde von allen mit unerschütterlicher Resignation hingenommen. Die Kolumbianer waren großzügig, beharrlich, robust und vor allem sehr überheblich.

Aurélie fiel auf, wie leicht sie sich an einem unglücklich gewählten Wort reiben konnten. Sie gab es nicht gern zu, aber sie stieß regelmäßig auf größere *kulturelle Differenzen* mit Alejandro. »In Kolumbien regst du dich entweder über jeden Scheiß auf oder du hältst die Schnauze. Es gibt nichts Halbes, wir haben alle ein riesiges Ego-Problem.« In einer Bar, deren Namen sie vergessen hatte, wurde sie an einem der unzähligen Freitagabende, die das von Essen und Heizung Abgesparte auffraßen, von einem Kolumbianer mit blitzenden Augen angesprochen, der Gemeinplätze über sein Herkunftsland von sich gab und sich eine abenteuerlustige Französin ins Bett holen wollte. Er stellte sich als »Doktor« vor, und Alejandro fragte aggressiv, ob er denn eine Doktorarbeit geschrieben und verteidigt habe. Die Antwort war ein sehr kurzes und verlegenes »No«, darauf senkte der Mann den Blick. Ermutigt durch diesen rhetorischen Sieg spottete Alejandro in einem von verächtlichen *Bogotanismos* durchsetzten Spanisch über die Lügensucht seines Landsmannes. Es kam zu

Handgreiflichkeiten, Aurélie flehte sie an aufzuhören. Sie schämte sich, dass ihr dieser unkontrollierte und lächerliche Testosteronausbruch schmeichelte. Alejandro wies sie mit einem »Ich bin kein Weichei wie die europäischen Männer« zurück. Sie ärgerte sich über die vulgäre, aber zutreffende Bemerkung.

Sie gehörte zu einem Volk, das jede Form von Konflikt ablehnte und kontroverse Themen mied, wenn es überhaupt noch welche gab. Sie beneidete die Kolumbianer um ihre Anpassungsfähigkeit, ihre Pfiffigkeit, ihren ausgeprägten Gemeinschaftssinn, ihre Fähigkeit, sich zu organisieren. Wenn einer von ihnen in den Ferien nach Hause fuhr, überhäuften ihn seinen Freunde mit kleinen Aufträgen: »Gib diesen Pullover meinem Bruder zurück.« »Bring mir eine Flasche *aguardiente* mit.« »Das Päckchen ist für meine Mutter.« Diese Dienste wurden bereitwillig und natürlich gratis erledigt. In Frankreich hätte jemand einen bezahlten *Sharing*-Onlinedienst daraus gemacht. Aurélie bewunderte, wie sie sich austauschten, sich in endlosen Diskussionen über die Politik des Heimatlandes und die einzuschlagende Richtung aufrieben, sich am Ende beschimpften und einander dann in die Arme fielen. Trotzdem hatte sie sich noch nie so europäisch gefühlt wie jetzt, wo diese Männer sie wegen des genetischen Erbguts begehrten, das sie allein dem Zufall verdankte.

Alejandro hatte von der Mühelosigkeit des Koitus, die ihm sein Status als *Latino* verschaffte, langsam die Nase voll. Einmal forderte er eine junge Frau zum Tanzen auf. Sie lehnte ab, bot ihm aber an, ihm zuzusehen, wie er zu schlechter Musik mit anzüglichen Texten, die niemand verstand, herumzappelte.

Er entgegnete: »Was bildest du dir ein? Bin ich dein Affe?« Die Arme stammelte, sie sei nicht rassistisch, gelähmt von der Scham, einer Kategorie engstirniger Bürger zugeordnet zu werden. Ein paar Sekunden lang wusste sie nicht, wohin mit sich, dann nahm ein anderer Mann das Angebot an, ihr zu dieser fortgeschrittenen Stunde aus größter Nähe die Beweglichkeit seiner Hüften vorzuführen. Alejandro erlebte, dass die Ausländer bereit waren, alle Klischees des Salsa-Tänzer-Latinos oder des Afrikaners-mit-dem-Rhythmus-im-Blut zu befriedigen, um häufig und ohne große Mühe ein Mädchen rumzukriegen. Aurélie hatte ihn sexuell beruhigt. Manchmal bewunderte er den Kontrast zwischen ihren Hautfarben, wenn er mit ihr schlief, und schämte sich sogleich seines »Rassenblicks« auf ihre Beziehung. Ein primitiver, von jahrelanger Faszination für die Europäer genährter Instinkt erfüllte ihn mit Stolz, sich neben dieser Französin mit regelmäßigen Zügen und sanftem Blick zu zeigen. Er bedauerte, dass er mit seinen Freunden nicht darüber sprechen konnte, ohne als Erstes ihre Nationalität zu erwähnen. Er hätte den *bikulturellen* Aspekt ihrer Beziehung gern verdrängt und wünschte sich, dass sie nicht ständig Fragen über sein Heimatland stellte.

Er ärgerte sich auch, dass er ihre Gesellschaft nicht so genießen konnte, wie sie es verdient hätte. Sie war etwas zu früh in sein Leben gekommen; sie war zu frisch, zu naiv, zu jung, um ihm zu widersprechen und mehr zum Gespräch beizutragen, als seine Worte zu trinken. Sie war ohne jeden Zweifel intelligent. Aber irgendetwas an ihr reizte ihn und hinderte ihn daran, die große Liebe anzunehmen, für die sie alles geopfert hätte. Er erkannte sich selbst in ihrer Einsamkeit, ihrer Beschreibung fehlender Perspektiven, der Angst, die ihr den Atem nahm, der Verzweiflung, ihre Jugend nicht so leben zu können, wie sie sich wünschte, aber er konnte sich ihr nicht hingeben. Sie war in einem liebevollen Milieu aufgewachsen, aber ihr hatte etwas gefehlt, womit sie sich bei ihm vollsog. Sie war eine interessante junge Frau und wäre ohne jeden Zweifel eine *Frau zum Heiraten*. Eine zärtliche Gattin, mit der man reden und schlafen konnte, aufmerksam und leidenschaftlich. Er spürte wohl, dass sie ihn als einzigartiges Wesen ansah; er war der erste Mann, den sie liebte. Sie besaß die Maßlosigkeit und Naivität eines Teenagers; für ihn war es schon zu spät, ihr ebenso entgegenzutreten. Seine Gedanken wurden von praktischen Dingen aufgefressen: dem zu erneuernden Visum, den Prüfungen, dem Anruf bei seiner Mutter unter Berücksichtigung der Zeitverschiebung, der letzten Stromrechnung, dem Brief für die Sozialversicherung. Sie hatte keine anderen Gedanken als ihn, weshalb er ihre zarte und beständige Aufmerksamkeit genoss. Sie trank seine Worte und kochte ihm ein spezielles Gericht, weil er ein paar Tage zuvor gesagt hatte, er habe Appetit darauf. Sie merkte sich jede Anekdote, die er ihr erzählte, und die kleinste Regung in seinem Gesicht, wenn er über Kolumbien sprach, sie wusste die Namen seiner Kommilitonen und die Geburtstage seiner Freunde. Er konnte ohne Facebook niemandem gratulieren.

Eine seiner Tanten lebte mit ihrem Mann, einem Ingenieur, in Kalifornien, ihre Kinder waren perfekte braunhäutige Gringos; er erkundigte sich, was er unternehmen müsse, um zu ihnen umzusiedeln. Wahrscheinlich würde er als Tourist einreisen müssen und dann Arbeit suchen, obwohl er wenig Lust auf den xten Brotjob bloß für eine Aufenthaltserlaubnis hatte. Sie hatte Angst, an seine Pläne zu rühren, weil sie wusste, dass er Grenoble nicht mochte und Frankreich ihn enttäuschte. Wenn man schon im Westen lebt, dann auch gleich richtig. Ihn störten die *Soziokultur*, der Konsens-Zwang, das gute Gewissen des gebildeten Franzosen, der sich für alle Übel der Welt zuständig fühlte, von den Lebensbedingungen der Roma bis zum Schmelzen der Polkappen. Er mochte den französischen Film ebenso wenig wie die Spontaneität, mit der ihm Freundinnen eine Scheinehe anboten, damit er Papiere bekäme, es nervte ihn, wenn sie ihm zur Befreiung von Ingrid Betancourt gratulierten, und den Begriff *Weltbürger* fand er zum Kotzen. In seinem Alter hatten unzählige Franzosen schon im Rahmen eines Volontariats oder eines Austauschstudiums ein Jahr im Ausland gelebt. Es war so einfach, sich einer riesigen menschlichen Gemeinschaft zugehörig zu fühlen, wenn man sein Land in wenigen Stunden durchqueren konnte. Für ihn aber hatte diese Bezeichnung überhaupt keinen Sinn.

Er war Lateinamerikaner und fand diese komplexe, schon schwer zu ertragende Identität absolut ausreichend. Er wusste nicht, was er mit seinem eigenen *kulturellen Hintergrund* anfangen sollte. Er sprach ein degeneriertes Spanisch, die Einwohner seines Landes trugen die vielfältigen Mischungen, die nach der Ankunft der Europäer entstanden waren, in ihren Gesichtern. Die offizielle Geschichte seines Kontinents hatte vor fünfhundert Jahren begonnen. Er wusste nichts von den Sitten und Gebräuchen seiner Vorfahren, nichts vom Klang ihre Sprache, er entstammte einem vergewaltigten Volk. *Weltbürger* zu sein war gut für diejenigen, die seit Ewigkeiten dieselbe Sprache sprachen, die sich natürlich entwickelte, die das Leben ihres Landes seit zwei Jahrtausenden kannten, die ein kulturelles Erbe aus Schlössern, Marmorskulpturen, Wandteppichen, Gemälden und Zeichnungen hatten. *Weltbürger*, das war die neueste Laune eines übersättigten Volkes, das sich bewegte, ohne je sein Leben zu riskieren.

*

Ein paar Wochen vor dem Abgabetermin seiner Jahresarbeit war er manchmal unausstehlich. Er war nie so zärtlich wie vor dem Sex; nie so gesprächig wie beim Vorspiel; sie schloss daraus, dass das seine Art war, sie zu lieben, die nichts mit primitiven körperlichen Bedürfnissen zu tun hatte. Sie sublimierte seine Triebe, weil sie auf keinen Fall ihrer Mutter Recht geben wollte, die sie seit Jahren mit Gemeinplätzen über die Männer und den Sex überschüttete. Der Mann, den sie liebte, musste einfach anders sein, sich aus der Masse hervorheben. Nur schwer gestand sie sich seine fehlende emotionale Reife ein. Der Gedanke an die Frauen, die ihn anmachten, an das, was sie noch nicht mit ihm getan hatte, an mögliche Bilder seiner Ex auf seiner Festplatte, an die Filme mit widerlichen Titeln, die noch in seiner Favoritenliste standen, machte sie krank. Er war der Erste, der sie zum Orgasmus, zu höchster Lust brachte. Er staunte selbst darüber, was er bei der Kleinen auslöste, die in ihrer Beziehung viel von ihrer Unbeholfenheit verloren hatte. Sie war sicherer geworden, ihre Stimme hatte sich verändert, sie wirkte gebildeter und offener. Diese sichtbaren Veränderungen beeindruckten ihn, aber er wollte nicht daran denken, dass er sie ausgelöst hatte.

Es war in Ordnung, dass er mit ihr etwas ganz anderes erlebte als das, was er in den Filmen sah, vor denen er sich einen runterholte. Sie konnten in der Missionarsstellung tiefe, warme und reine Lust empfinden; er sah sie gern an, wenn er in sie eindrang, es brachte ihn fast zum Orgasmus, wenn sie seine Kopfhaut massierte und ihm ins Ohr stöhnte. Sie küsste ihn auf eine Weise von den Schläfen bis zu den Füßen und leckte seine Zehen mit einer Anbetung, die ihn rasend machte. Sie fuhr mit der Zungenspitze über seine Finger, strich mit den Händen über seinen Rücken oder liebkoste sanft seine Eier. Er liebte es, mit den Fingern den Linien ihres Körpers zu folgen und zwischen ihren Schenkeln zu enden. Sie war schön, gut, verführerisch, anmutig, folgsam und erfindungsreich. Manchmal übernahm sie die Regie und zeigte sich unternehmungslustiger als er. Dann gefiel es ihm sehr, sich ihr anzuvertrauen und sich führen zu lassen. Ihre Sinnlichkeit war weder technisch noch raffiniert, sondern schlicht und instinktiv, eine anständige Animalität ohne Aggression. Ihre Vertrautheit und Sinnlichkeit überwältigten ihn, er entdeckte Feinheiten der körperlichen Liebe, die er trotz der Fantasien, die ihm die Porno-Industrie diktiert hatte, noch nie ausprobiert hatte. Er musste zugeben, dass es unendlich viel befriedigender war, mit einer verliebten Frau zu schlafen.

Er empfing sie gern, aber ohne Ungeduld, er wusste, dass sie immer in Bereitschaft war, und dieses Detail befriedigte seinen Stolz besonders. Er hatte sie sehr gern, lieber, als er zugeben mochte, weil er wenigstens diesen Aspekt seines Lebens kontrollieren wollte; nur glanzlose und vorhersehbare *Abenteuer* zu haben verlieh ihm eine tröstliche Macht des Ungebundenseins. Er wollte überallhin rennen und fand nicht mal die Kraft, aus dem Haus zu gehen. In seinem Unterbewusstsein war er in Kopenhagen, Berlin oder China, er konnte keine Bindungen haben, musste alles sehen, und zwar allein. Der Anspruch einer gewissen Überlegenheit, der Glaube an ein besonderes Schicksal besiegten schließlich jede Gefühlsduselei: Sein Weg war wichtiger als jede Frau. Eine Frau lässt sich ersetzen, aber man lebt nur einmal. Wie sehr er auch an Aurélie hing, eines Tages würde sich eine andere Frau in ihn verlieben. Vielleicht weniger hübsch, weniger rundlich, mit einem weniger festen Hintern, aber mit dem gleichen sanften Blick und der gleichen dumpfen Zuneigung.

7

Am 25. Juni 2009 starb Michael Jackson. Die von der Rezession ausgelösten Ängste beschäftigten nur noch eine kleine Zahl von Sonntagsintellektuellen und Weltuntergangspropheten. Die Welt blieb stehen, um einem Mann mit Kastratenstimme und künstlichem Gesicht die letzte Ehre zu erweisen. Aurélie ließ das völlig kalt. Sie half Alejandro, die Wohnung zu putzen, weil er auszog. Die Universität Lyon 2 hatte seine Bewerbung angenommen, er würde ein weiteres Jahr in Frankeich bleiben, um ein Diplom als Fachübersetzer zu erwerben. Ein paar Wochen zuvor hatte sie ihren eigenen *Universitätswechsel* vorgeschlagen, um mit ihm zu gehen. In dem schlimmsten Gespräch, das sie je geführt hatte, hörte sie ihn sagen, dass sie *für immer in seiner Erinnerung* sein werde, aber in Grenoble bleiben müsse. Sie müsse die *Dinge für sich selbst tun*. Sie konnte nicht antworten, mit ihm zu gehen sei vor allem etwas für sie selbst. Sie wusste, dass es vergeblich war, zu betteln oder ihn überzeugen zu wollen. Als wäre ihr Körper außer Kontrolle geraten, ertappte sie sich, wie sie voller Inbrunst seine Badewanne putzte und sein Spülbecken schrubbte, bis es blitzte. Sie investierte ihre ganze Energie, um ihm diesen letzten Dienst zu erweisen, den er nicht einmal wahrnahm. Er war nervös und überhaupt nicht in der Stimmung, sie zu trösten, sondern ganz mit der Liste der Unterlagen beschäftigt, die er dem Vermieter übergeben musste; bis der eintraf, schenkte er ihr keinen Blick. Dann verschwand sie diskret. Seine Sachen passten in eine kleine Reisetasche, seine Bücher hatte er in Kisten verpackt, die im Keller eines

Freundes stehen würden. Dieser Abschied berührte ihn, er schien ernsthaft traurig darüber, sich von ihnen zu trennen. Zuerst würde er Couchsurfing machen und dann ein WG-Zimmer suchen. Die Vorstellung eines neuen Studiengangs in einer neuen Stadt erfüllte ihn mehr mit Resignation als mit Begeisterung. In Lyon würde er Halbzeit arbeiten und weiter bei Lidl oder Ed einkaufen müssen, schließlich war er immer noch in Frankreich. Dieser Umzug hatte etwas Zwanghaftes, und Aurélie dachte ständig an den Satz von Céline: »Ich hing an ihr, wirklich, aber noch mehr hing ich an meinem Laster, dieser Sucht, überall wegzulaufen, auf der Suche nach wer weiß was, getrieben von einem dämlichen Stolz wahrscheinlich, durch das Gefühl, irgendwie überlegen zu sein.«

*

Der Sommer 2009 war noch schlimmer als der vorangegangene. Sie wusste, dass sie das Studium abbrechen würde. Das zweite Semester hatte sie nicht mehr abgeschlossen. Nun, da Alejandro weg war, hatte sie überhaupt keine Bekannten oder gar Freunde mehr. Einmal traf sie in der Stadt einen Kolumbianer, der sie nicht erkannte. Ohne Alejandro an ihrer Seite war sie niemand mehr. Der Mittagsschlaf wurde immer länger, der Rest des zu füllenden Tages immer endloser. Sie machte lange Spaziergänge oder nahm den Überlandbus und fand sich in Dörfern wieder, in denen sie nichts zu suchen und niemanden zum Reden hatte. Ihren Eltern war die deutliche Veränderung in der Stimmung ihrer Tochter aufgefallen. Sie schlief jede Nacht zuhause und sang nicht mehr. Sie tat ihnen leid, aber sie waren auch gerührt: Es war ihr erster *Liebeskummer*, das war normal. Gemessen am Durchschnitt kam er ziemlich spät, aber sie waren beruhigt, dass ihre Tochter alle Etappen durchlebte, die ein Jugendpsychologe im Fernsehen beschrieben hatte. Abgesehen von der Betroffenen begriff niemand, warum ihre Geschichte und die verzehrende Liebe, die sie für Alejandro empfand, so einzigartig waren.

Die Tage waren drückend, die Stunden klebrig. Er hatte sich mit einem Küsschen verabschiedet; sie hatte ihre Rolle sehr korrekt gespielt. Sie hatte ihn von seiner überschüssigen Samenflüssigkeit befreit, an knappen Monatesenden gesättigt und beruhigt, wenn ihn die Angst vor dem Scheitern packte. Sie hatte ihm Zärtlichkeit gegeben, wenn er danach verlangte, gratis, ohne irgendeine Gegenleistung zu verlangen. Sie hatte das Spiel der *new-age*-Beziehung mit grenzenloser Hingabe und ohne jede Perspektive mitgemacht. Keine Verantwortung, keine Verpflichtung, ein an der Logik der Mobiltelefonie-Angebote orientiertes Sexualleben. Er würde sich vielleicht an die Form ihrer Brüste und an das Klatschen seiner Hand auf ihrem Hintern erinnern, aber er würde seinen Weg fortsetzen, ohne sich darum zu kümmern, was er für Schaden anrichtete. Das erektile Organ zwischen seinen Beinen würde ihn nötigen, eine andere Vagina zu erobern. Dann würde er Cioran zitieren und seinen Akzent übertreiben, ein Präservativ überstreifen und sein Bedürfnis befriedigen. Regelmäßiges Ejakulieren war genauso notwendig wie Essen und Pinkeln. Nur die Frauen und zudem nur die jungen konnten es sich leisten, aus Liebe zu sterben.

Sie war nicht einzigartig. Ihr Talent für die Fellatio machte sie nicht unersetzlich. Er hatte sie gern gevögelt und war gern in ihr gekommen, er hatte sich ihr anvertraut, aber eine andere würde bereit sein, diese Funktionen zu erfüllen. Er hatte sie erwachsen werden und die Leidenschaft kennenlernen lassen. Er hatte ihr den Geschmack für gute Bücher, nächtelanges Filmesehen, hochwertiges Cannabis und gewagte Zärtlichkeiten vermittelt, sie würde nicht in ein paar Wochen Ersatz für ihn finden, weil sie sich begehrt fühlen musste. Im Inneren spürte sie, dass sie verlassen, ja geradezu verstoßen worden, bereits in den Rang der Masturbationserinnerungen verbannt war. Sie fühlte sich ausgelaugt, jeder Substanz entleert; ihr Körper bewegte sich ohne ihr Zutun, sie schaffte es gerade noch, mit abwesendem Blick ein belangloses Gespräch mit ihrer Mutter zu führen. Mitten in der Nacht wachte sie schweißnass vor Panik auf und stellte sich vor, bis zum Tod ihrer Eltern in dieser Wohnung zu bleiben. Die Familie erstickte sie, sie konnte ihre Geschichte mit niemandem teilen. Sie wollte nicht vernünftig sein, sie wollte ihren Schmerz bis zum Ende durchleben, als Buße für ein nie begangenes Verbrechen.

Sie musste arbeiten, das war klar. Sie brachte nicht die nötige Opferbereitschaft auf, um das Studium fortzusetzen; der Abstieg in eine FHS, um einen Abschluss im Dienstleistungssektor zu machen, konnte keine ernsthafte Option sein. Ihre Eltern ermutigten sie, Arzthelferin zu werden oder Verkäuferin, die beiden Ausbildungen, die in Fontaine angeboten wurden. »Im Handel gibt es keine Arbeitslosigkeit, Aurélie! Das ist die Zukunft! Du musst mal hören, was sie im Fernsehen sagen. Die Intellektuellen von der Uni finden keine Arbeit, sie lernen ganz umsonst! Ein Berufsabschluss ist eine sichere Sache!« Sie wussten Bescheid, mit der Sicherheit des Durchschnittsfranzosen, der vor dem Fernseher zu Abend isst. Mit viel Liebe und Hoffnung lehnten sie für ihre Tochter das dürftige materielle Leben ab, das sie geführt hatten. Ohne groß darüber nachzudenken, hatten sie zwischen ihrer eigenen Kindheit und der ihrer Kinder eine auffallende Verschlechterung des *Lebensniveaus* festgestellt. Sie wussten, dass ihnen schwierige Zeiten bevorstanden, der Älteste hatte es gerade so geschafft, für den Jüngsten waren die Aussichten mehr als ungewiss. Zwischen den beiden lagen nur sechs Jahre, aber der Altersunterschied erschien eher wie eine ganze Generation.

Sie wünschten Aurélie die soziale Emanzipation, konnten ihr aber nichts anderes vorschlagen als etwas bessere Proletarierausbildungen ohne jede Perspektive. Für sie war es schon ein Wunder, dass die beiden Großen das Abitur gemacht hatten. Weiter konnten sie sie nicht führen. Solche Probleme hatten sie nicht vorhergesehen, ihnen fehlte das nötige Wissen, um eine *Zukunftsbranche* für sie zu finden. Sie waren ratlos, jetzt mussten die Kinder allein zurande kommen. Sie konnten die Wirklichkeit unter keinem anderen Prisma als dem des Arbeiters sehen, sie wollten, dass ihre Tochter die *soziale Leiter* hinaufstieg, sahen aber nicht weiter als höchstens zwei Ebenen über ihre eigene. Sie hätten sie nicht ermutigt, ein Jurastudium anzufangen, obwohl der Studiengang theoretisch gratis war und allen offen stand. Mit ihren stabilen geistigen Schranken hatten sie sogar die Fakten umgeschrieben: Aurélie studierte nicht Politik, weil sie an der Aufnahmeprüfung gescheitert war. Dass ihre Tochter den Zulassungstest überhaupt gewagt hatte, fanden sie schon irgendwie unpassend, größenwahnsinnig. Die Einschreibung an der Universität war albern gewesen und das katastrophale erste

Jahr der Beweis, dass man besser *an seinem Platz* blieb und *Realitätssinn* an den Tag legte. Dass die Lehrveranstaltungen langweilig und schlecht waren, zählte nicht, Aurélie sprach bereits eine andere Sprache als die Eltern. War es wirklich wichtig, dass eine Vorlesung interessant war, dass man etwas lernte? Diplome sollten *Arbeit geben*. Lernen oder sich bilden war ein Luxus außerhalb ihrer Vorstellungskraft, eine geschmacklose Laune.

Sie hatten Würde, und Aurélie bewunderte sie, ohne es ihnen sagen zu können. Ihre Wohnung war immer picobello, sie schafften es, durch gewissenhafte und strenge Sparsamkeit im Alltag winzige Beträge beiseitezulegen. Die Regalbretter verschwanden unter Nippes, jeder Kindergeburtstag war auf alten VHS mit abgenutzten Bändern festgehalten. Sie war nicht wie ihre Eltern; eine Kleinigkeit, sicher eine genetische Anomalie, machte sie unzugänglich für ihre Sorgen, gaukelte ihr ein anderes Leben vor, ein Dasein mit geistiger Tätigkeit, mit Reisen, Begegnungen, Diskussionen in anderen Sprachen. Sie hatte sich immer danach gesehnt, Grenoble zu verlassen, diesen Kessel der Eintönigkeit, diese Warze zwischen drei Bergmassiven, in die ein winziger Teil der Bevölkerung regelmäßig reiste.

In ihrem Kinderzimmer erlebte sie wieder die Beklemmung des letzten Sommers, die Reglosigkeit, die Angst, das Gefühl, ihr Leben würde ihr entgehen, sie würde es trotz allem guten Willen nie zu etwas bringen. Nie mehr würde sie mit der Leidenschaft und der Inbrunst der letzten Monate lieben können, nie mehr so viel Fantasie und Hemmungslosigkeit aufbringen. Sie würde immer in Verteidigungshaltung sein, weniger spontan, auf der Suche nach einem Nutzen, besessen von pragmatischen, vernünftigen Erwägungen; sie würde nie mehr selbstlos lieben, sich selbst vergessen können. Sie musste ein *Ziel* für diese Tage finden, die sich leer aneinanderreihten. Theoretisch war sie auf dem Höhepunkt ihrer körperlichen Form und hatte sich doch nie so schlaff und nutzlos gefühlt. Es gab kein Ziel, nach dem sie streben konnte, der Sinn des Lebens beschränkte sich auf die lächerliche Summe auf einem Lohnzettel, auf das Füllen eines Kühlschranks mit ungesunden oder gar giftigen Lebensmitteln. Das Leben, diese wunderbare Animation eines Haufens Atome, reduzierte sich auf niedere physiologische Funktionen. Es war unlogisch, ja psychotisch, nach einem anderen Dasein zu streben als dem einer dicken Katze, deren Tage sich auf den Zeitraum zwischen zwei Futterschüsseln beschränkten. Sie hatte keinerlei musische Erziehung erhalten, keine Liebe für Kunst oder Sport entwickelt, sie hatte keine *Leidenschaft*. Die einzige, die sie je gehabt hatte, hatte sich in der absoluten Obsession für einen Hänflingskörper ausgedrückt. Sie hatte keine Wünsche; mit knapp neunzehn Jahren lebte sie nur noch, um die kleinen Probleme des Alltags zu lösen. Ihre Generation hatte keinen Krieg, dem sie sich widersetzen konnte, keine echten Schwierigkeiten und nicht die geringste Perspektive. Es war ein Nullpunkt des Leidens, die B-Seite des Lebens.

Sie machte eine Liste der Städte, in die ein Umzug denkbar wäre. In Rennes und Toulouse würde das Leben nicht anders sein, wer weiß, ob sie dort eine Stelle als Verkäuferin in der Filiale einer Bekleidungskette bekommen würde. In jeder Anzeige wurden Abschlüsse und *einschlägige Erfahrung* verlangt. Sie konnte in einer Bäckerei-Konditorei arbeiten, dafür gab es in verschiedenen Departements viele Anzeigen. Sie konnte Empfangsdame, Telefonistin, Telefonberaterin, Kassiererin, Verkaufsassistentin im Großhandel oder Callcenter-Angestellte werden und würde etwas mehr als tausend Euro im Monat verdienen. Mit der Zeit und dank möglichen künftigen Freunden würde sie vielleicht einen *netten Jungen* in ihrem Alter kennenlernen, ungefähr mit achtundzwanzig würde sie Kinder bekommen. Ihr Leben würde so friedlich und schmerzfrei sein wie das ihrer Eltern.

8

Als Aurélie am Bahnsteig C der Gare de Lyon aus dem Zug stieg, hatte sie nicht die geringste Lust, Paris zu erobern. Mühsam zerrte sie den billigen Rollkoffer hinter sich her, den ihre Mutter in einem Ramschladen gekauft hatte. Sie trat auf fettige Fritten, Gratiszeitungen und Taubenkacke, bedrängt von ungeduldigen Kindern und großen Besen, die von schwarzen Männern mit erschöpften Gesichtern ebenso schnell wie ungeschickt herumgeschoben wurden. Sie schleppte den Koffer über die kaputte Rolltreppe ins Untergeschoss, wo sie die Linie 1 bis Bastille nehmen musste. Die Namen der Stationen erinnerten sie dunkel an Begriffe aus der Geschichte Frankreichs, die alle Geschichtslehrer nur gestreift hatten, weil sie mit dem Lehrplan immer im Rückstand waren. Vor dem kleinen Starbucks in Halle 1 stand eine lange Schlange, der *Frappuccino grande* mit Karamell kostete mehr als fünf Euro. Sie hatte sich für Paris entschieden, denn sie wollte die Orientierung verlieren. In Grenoble hätte sie ihren Weg mit geschlossenen Augen gefunden.

In Alejandros Gesellschaft hatte sie ihre Heimatstadt irgendwann als peinliche und erbärmliche Provinz wahrgenommen, in der sich kein Intellektueller entfalten konnte, der diesen Namen verdiente. Stendhal hätte in dieser trostlosen, von Straßenbahnlinien durchzogenen Stadt mit engen Fußgängerstraßen und den gleichen Geschäften wie überall im Land sicher keine Inspiration gefunden. Sie fand es unerträglich, die Place Victor-Hugo zu überqueren, zu viele Abende hatte sie in den Bars im Antiquariatsviertel damit verbracht, die Haare ihres Liebsten zu zerstrubbeln, während er seine Leber mit Äthanol flutete. Sie hatte seit Wochen nichts mehr von ihm gehört, natürlich nervten ihn ihre Nachrichten – noch wahrscheinlicher ließen sie ihn absolut gleichgültig. Sicher hatte er seine Gewohnheiten wieder aufgenommen und sich beim ersten Apéro mit Landsleuten angefreundet, verkehrte in den gleichen Studenten-WGs, flirtete mit unschuldigen Gänsen, ließ sich von Cougars anbaggern und vögelte sie zu den Tremolos von Thom Yorke. Natürlich sah er darin überhaupt kein Problem, es war doch immer klar gewesen: Sie waren nicht *zusammen*.

Sie wollte die öden Bürgersteige nicht mehr sehen, ebenso wenig wie die Fnac, die leerstehende Bonne-Kaserne, den Parc Paul-Mistral mit seinen Akrobaten und Djembe-Spielern, die Avenue Rhin-et-Danube parallel zur Schnellstraße mit ihren hässlichen Reihenhäusern. Zwanzig Jahre zuvor hatten sich viele Leute verschuldet, um sich eine Wohnung in einem Betonhochhaus mit Blick auf die Autobahn zu kaufen, das war einfach zu absurd. Sie ertrug den von früh bis spät laufenden Fernseher bei ihren Eltern ebenso wenig wie die Stimme ihres Bruders am Telefon und die Rührung der Alten, die proportional zu den Sondersendungen über eine Katastrophe wuchs. Sie waren imstande, angesichts eines Tsunamis zu weinen, *Paris Match* zu kaufen, um die Leichen der Opfer zu sehen, und sich über die Befreiung einer Geisel in einem Land zu freuen, das sie auf keiner Landkarte finden würden, aber alles, was nicht in den Schlagzeilen stand, ließ sie völlig gleichgültig. Sie waren brave Bürger, anständige und arbeitsame Franzosen, aber für die Zeit einer Liebe hatte Aurélie etwas erlebt, das sich nicht in ihre Sprache übertragen ließ. Sie hatte viel getrunken, viel gelesen und viel geliebt. Sie war sicher, dass ihre Eltern niemals diese drei Dinge gleichzeitig erlebt hatten. Sie hatte eine dichte, anregende, kulturelle Welt entdeckt. Jetzt wollte sie Vorlesungen an der Sorbonne hören, ein philosophisches Café besuchen, zum Publikum bestimmter Radioprogramme gehören, ins Theater und ins Musée Carnavalet gehen, in spanischsprachigen Buchhandlungen stöbern. Sie wehrte sich verzweifelt dagegen, dass sich ihr Schicksal als Arme vollendete.

*

Sie hatte einen Platz in einem Sechs-Betten-Schlafsaal der Jugendherberge Jules-Ferry reserviert. Die Laken erinnerten an Krankenhauswäsche und rochen feucht. Die Gemeinschaftsbäder schlossen schlecht, von den verzogenen Holztüren der Duschen platzte der bordeauxrote Lack. Das Bett war extrem schmal, und in der ersten Nacht wurde sie dreimal von spanischen Touristinnen geweckt, die Licht machten, um sich zu fotografieren. Eine von ihnen trug Netzstrümpfe und eine zu kurze Jacke aus bonbonrosa Strass, eine andere einen neongrünen Sombrero. Ihre schlaffen Schenkel wurden durch Shorts, die den Namen wahrlich verdienten, schamlos entblößt. Ihre Stimme war unerträglich, sie hatte einen sehr rauen Akzent und sprach rasend schnell – als fürchtete sie zu sterben, bevor sie ihre Gemeinplätze über die gerade erlebte *Fiesta* von sich gegeben hätte –, dabei leckte sie sich den Puderzucker von den Wurstfingern. Die dritte war als Nonne verkleidet. Es war offensichtlich ein Junggesellinnenabschied. Am nächsten Morgen nahm sie sich dreimal von den Schokoladencornflakes und steckte sich aufgebackene Baguettescheiben in den Rucksack; das Frühstück war im Preis von zwanzig Euro inbegriffen. Sie war mit Ersparnissen von siebenhundert Euro angekommen, was ihr ungeheuer viel vorkam. Erst mal musste sie eine Arbeit finden und dann eine *Wohnung*.

Den ersten Vormittag in Paris verbrachte sie damit, über die schlechte Wlan-Verbindung der Jugendherberge CV und Bewerbungsschreiben zu verschicken. Mittags wurde sie von einer Agentur für *Empfangsdienstleistungen* im 15. Arrondissement angerufen. Sie sollte am nächsten Tag mit Personalausweis und in *angemessener Arbeitskleidung* in die Agentur kommen, wo sie Einstufungstests und möglicherweise ein Einzelgespräch absolvieren würde. Die Frau am Telefon klang sehr wichtigtuerisch, fast wie Malika, die *Reinigungsmanagerin*. Jennifer Lehideux, die Scheußliche, schon bei dem Namen packte einen das Entsetzen. Sie fragte sich, wie wohl die angemessene Kleidung einer *Empfangshostess* aussah, und beschloss, ein paar vernünftige Einkäufe zu machen und damit ihre Chance zu optimieren, *einen Job zu ergattern*. Sie wusste nicht, wo der nächste H & M oder Etam war, die einzigen akzeptablen Marken, die sie sich halbwegs leisten konnte; normalerweise kaufte ihre Mutter die Kleidung bei Babou oder im Secondhandshop. Bis zu ihrer Begegnung mit Alejandro hatte sie sich nicht besonders für ihren *Look* interessiert, dann hatte sie sich ein bisschen Mühe gegeben. In einem von Chinesen geführten Laden hatte sie sich ein Sechserpack schwarze Tangas, Lipgloss, einen in Bangladesch hergestellten Push-up-BH, eine schwarze Slim-Jeans und ein leicht durchsichtiges Oberteil gekauft, den englischen Namen dieser Textilkloake, *Chic Girl* oder *Fashion Girl,* hatte sie verdrängt.

Sie fuhr mit der Metro bis Havre-Caumartin und drängte sich auf der Suche nach einer *angemessenen Kleidung* in den H & M. Sie wählte eine gerade Polyesterhose im Anzugstil mit einem schmalen Gürtel aus glänzendem Plastik und einen schwarzen Blazer mit Schulterpolstern und einem einzigen großen Knopf. Die Warteschlange vor den Kabinen brachte sie davon ab, die Hose zu probieren, bevor sie zur Kasse ging. Der Nachmittag war fast vorbei, in der Metro hatte sie schon viel Zeit wegen eines *Personenschadens* verloren. Außerdem kaufte sie ein Paar blassrosa Pumps mit vernünftigen Absätzen und Polyurethanfutter. Ihre *Arbeitskleidung* kostete fast hundert Euro. Sie entwertete einen weiteren Metrofahrschein, um in die Jugendherberge zurückzukehren, eine Monatskarte lohnte sich erst ab Monatsbeginn. Sie nahm sich vor, so oft wie möglich schwarzzufahren und ihre Fahrten zu begrenzen, eine Hin- und Rückfahrt kostete 3,60 Euro, das wären fast sechzig Euro, bis sie ihre Magnetkarte erhalten würde. Sie hatte nicht erwartet, dass man so schnell und sinnlos so viel ausgeben konnte. Paris saugte ihr das Geld aus den Händen.

Sie hatte niemandem von Paris erzählt, weil sie mit niemandem mehr sprach und weil niemand in ihrem Umfeld dort je gelebt oder sich auch nur die Zeit genommen hatte, für mehr als drei Tage hinzufahren. Die Stadt war teuer, aber das machte auch ihren Charme aus. Schließlich spart man das ganze Jahr und knapst am Essen und an der Heizung, um während des Jahresurlaubs ein bisschen Geld aus dem Fenster zu werfen. Ein paar Tage lang gönnt man sich einen lächerlichen Luxus, um sich aus seinem Alltag zu erheben; auf einmal geben die Armen der Arbeiterklasse fünf Euro für einen Kühlschrankmagneten oder dreißig Euro für einen Schlüsselanhänger aus. Sie gönnen sich eine Pause auf der Caféterrasse mit zu süßer heißer Schokolade, die sie natürlich köstlich finden, und kaufen sich bei Printemps-Haussmann Parfum, das einzige erschwingliche Luxusprodukt – in Paris ist alles wunderbar. Paris war die wirtschaftliche, politische, historische und kulturelle Hauptstadt. Ganz Frankreich drängte sich unter dem Arsch des Eiffelturms.

*

Sie war zur vereinbarten Zeit in der Rue de Cambronne. Die Firmenzentrale war viel größer, als sie sich je hätte vorstellen können. Ein Dutzend junger Frauen und ein junger, etwas weibisch wirkender Mann mit einer großen glatten Strähne diagonal über der Stirn und leicht gezupften Augenbrauen warteten auf ihr Gespräch und füllten inzwischen zehnseitige Fragebögen aus. Sie stellte fest, dass alle besser angezogen waren als sie, sie fühlte sich wie ein Proll im Sonntagsstaat. Man bat sie, genau ihre akademische und berufliche Laufbahn anzugeben, die Frau links neben ihr hatte mehrere Zeilen geschrieben; Aurélie las, dass sie an der Universität Paris-8 ihren Master in Psychologie gemacht hatte. Sie mussten auch die wichtigsten Sätze für Empfangshostessen ins Englische übersetzen und Beispiele von *unprofessioneller Sprache* umformulieren, offenbar gab es für diesen Beruf eine eigene Ausdrucksweise.

Eine ungefähr dreißigjährige schlanke und perfekt frisierte Frau kam sie abholen. Sie schwenkte den Po, als sie die Treppe hinaufging, und trug an jedem Finger einen Goldring. Ihre Nägel waren sorgfältig manikürt, auf beiden Zeigefingern klebte ein glänzender Mini-Schmetterling. Ein winziges Loch zwischen rechtem Nasenloch und Oberlippe deutete auf ein in der Freizeit getragenes Piercing hin. Wahrscheinlich war sie *gut* und vulgär, sah gern Reality-Shows und tauschte ihre elegante Arbeitskleidung nach Feierabend sofort gegen hauteng Klamotten in grellen Farben. Sie bat Aurélie, in einem winzigen Raum mit Glaswänden Platz zu nehmen. Die ganze Etage bestand aus winzigen Gesprächszellen. Auf jedem Schreibtisch stand ein Computer, der kaum benutzt wurde, weil alle *Einstellungsreferentinnen* nur auf die Fragebogen auf Papier starrten. Die Frau hieß Vanessa Poncero, sie nannte zuerst den Nachnamen und betonte jede Silbe, als würde sie ein Sozialversicherungsformular ausfüllen. Sie erzählte kurz über die Agentur, *die erste Adresse für Empfangspersonal für Unternehmen, Hotels, Events und Telefondienstleistungen.* Der Erfolg des Unternehmens bei seinen Kunden beruhe auf der *Qualität* der Hostessen. Aurélie fand den Begriff etwas unpassend; wahrscheinlich gehörte Vanessa zur neuen Generation der Möchtegern-Kader im Dienstleistungssektor, die mit wenig Bildung und wenig Kreativität, aber viel Glück einen etwas höheren Posten ergattert hatten, der ihnen allerdings auch kaum mehr als den Mindestlohn einbrachte.

Diese Klasse der Lohnempfänger war oft ganz besessen von ihrer *Karriere* und hätte Vater und Mutter umgebracht, um in der Hierarchie bis zur Spitze aufzusteigen. Ihnen steckte noch der aus den goldenen Nachkriegsjahrzehnten erbte Mythos in den Knochen, als ungelernter Arbeiter in einer *Firma* anzufangen und sie vierzig Jahre später mit einem glanzvollen Titel und einer *guten Rente* zu verlassen. Tatsächlich kamen sie durch eine Kellerluke herein, vegetierten auf Posten, die extra geschaffen waren, um ihnen die Illusion eines *sozialen Aufstiegs* zu verschaffen, und waren dabei für das Wohlergehen ihres Unternehmens absolut verzichtbar. Diese Vanessa oder einer ihrer Kollegen würden in wenigen Sekunden die unten getroffene Arbeitslose mit einem Master für Psychologie unter Vertrag nehmen.

Aurélie stellte sich vor und versuchte, ihren Monolog etwas auszuschmücken; die Wirklichkeit hätte in einen einzigen Satz gepasst. Es war absolut ausgeschlossen, einfach zu sagen »Ich brauche Geld«. Sie hatte sich immer gefragt, ob das bei einem Einstellungsgespräch erwartete Geschwätz Heuchelei, eine Stilübung, mit der man zeigen konnte, dass man die Spielregeln akzeptierte, oder ein echtes Auswahlkriterium war, das von den Personalbearbeitern ernst genommen wurde, auch wenn sie selbst kaum einen Satz in fehlerfreiem Französisch sagen konnten. »Meine Tätigkeit als Reinigungskraft hat mir ein Gefühl von Professionalität vermittelt. Durch diese Erfahrung habe ich verstanden, wie unverzichtbar es ist, im Team zu arbeiten, selbstständig zu sein … aber dabei natürlich immer den Anweisungen seines Vorgesetzten zu folgen …«

Sie hatte gemerkt, dass Vanessa die Braue hochzog, als sie von Selbstständigkeit sprach. Eilig erklärte sie, sie wolle ihr Jurastudium im Fernstudium fortsetzen; Paris sei die Wurzel des Rechts für dieses Land, deshalb würde sie viele Möglichkeiten haben, die in den Vorlesungen erworbenen theoretischen Kenntnisse zu vertiefen. Die Pariser waren so von sich eingenommen, dass sie glaubten, ihre Nähe zu den Orten der Entscheidung beziehe sie bereits in den Gesetzgebungsprozess ein. Als könnte man als Madame Pipi in der Nationalversammlung alle Feinheiten von Artikel 49.3 erfassen oder als Babysitter für die Schwester einer Schauspielerin eines Tages einen César erhalten.

Sie hatte sich eine Adresse in der Rue Émile-Lepeu im 11. Arrondissement ausgedacht, weil sie ahnte, dass ein Briefkasten in der Banlieue ein Nachteil wäre. Sie war wie ein Marktverkäufer von Küchengeräten: Übertrieben schmeichlerisch, wenig überzeugend, mit einem gekünstelten und übertriebenen Wortschatz und aufdringlicher und primitiver Rhetorik, dank der man jedoch die Kunden mit unverschämter Leichtigkeit einwickeln konnte. Vanessa schluckte alle Köder, die Aurélie ihr hinhielt, indem sie perfekt die Rolle des ängstlichen und schüchternen Noch-Teenagers spielte. Ihre Stimme war etwas schrill, die Schultern hingen herab, ein winziges Lächeln betonte ihre Wangenknochen; sie war unterwürfig, also *professionell*, sie würde eifrig jede Anweisung ausführen, die man ihr gab.

Vanessa Poncero sprach in viel natürlicherem Tonfall und mit entspannter Miene; sie musste die Kleine nicht mehr beeindrucken. Das Mädchen würde sie auf Knien anflehen, eingestellt zu werden, das war die Haltung, die sie am liebsten mochte. Solche Fast-noch-Kinder verliehen ihr die Legitimität, die sie in ihrer *übergeordneten Stellung* genießen wollte. Das Unternehmen suchte eine *Springerin*, eine Bereitschafts-

Hostess, die jeden Tag auf Abruf war, um an einem neuen *Standort* eingesetzt zu werden. Dazu musste sie ab 6 Uhr früh bereit sein und einen Anruf erwarten, in dem ihr die Adresse mitgeteilt würde, an der sie eine erkrankte Kollegin ersetzen sollte. Sie musste also angezogen, geschminkt, frisiert und aufbruchsbereit sein. Um Zeit zu sparen, sollte sie Turnschuhe tragen, um in der Metro rennen zu können, die Pumps würde sie dann in der Nähe des Arbeitsortes anziehen. Jedes Detail war genauestens geplant. Der Grundlohn war das gesetzliche Minimum, bei Überstunden würde er selbstverständlich steigen. Diese fielen sehr oft an. Das Unternehmen übernahm 50 Prozent der Kosten für Restaurantgutscheine und Monatskarte. Für Kleidung und Frisur gab es einen Zuschlag von zehn Euro im Monat.

»Ich will Ihnen nicht verschweigen, dass das keine einfache Stelle ist. Sie müssen motiviert sein, aber Sie lernen viel, und die Arbeit ist menschlich bereichernd. Sie müssen unter Umständen auch raus nach 9-2, 9-3, 9-4.«

Aurélie verblüffte es immer wieder, wie sich diese Rapper-Macke in der Sprache der Franzosen durchgesetzt hatte. Sie war im Konformismus der Arbeiterklasse, mit dem soften Patriotismus der 14.-Juli-Feiern und den Liedern von Aznavour aufgewachsen; wenn sie in den Urlaub fuhren, spielte sie mit ihrem Vater und ihren Brüdern Nummernschilder raten. Sie war zutiefst mit ihrem Departement verbunden, aber kaum mit der Region Rhône-Alpes, die keine historische Provinz darstellte. Dass die intellektuelle Bequemlichkeit der Franzosen jetzt schon so weit ging, den Namen des Departements durch seine Nummer zu ersetzen, war für sie ein untrügliches Zeichen für den moralischen Verfall. Ihre Eltern lasen nie ein Buch, machten aber keine Orthographiefehler. Das »Casse-toi pauv' con« des Mannes, den sie wenige Monate zuvor gewählt hatten, hatte ihnen gar nicht gefallen. Für sie verlangte das Amt eines gewählten Abgeordneten und erst recht das des Präsidenten der Republik eine bestimmte Haltung und ein Bildungsniveau, das sie sich selbst nie zugetraut hätten. Aurélie fühlte sich gefangen zwischen einem zur Fron verpflichteten, respektvollen, unterwürfigen und ängstlichen Arbeitermilieu und einer stumpfsinnigen, kriminellen Mittelklasse, die es offenbar eilig hatte, den letzten Rest sozialer und geistiger Würde, die sie hätte weitergeben können, über Bord zu werfen. Eigentlich empfand sie für ihre Landsleute die gleiche mit Mitleid gemischte Verachtung wie Alejandro für die Kolumbianer. Einen Moment lang erinnerte sie sich an alles, was sie außer der Sehnsucht nach seiner goldbraunen Haut mit ihm verband, und sie fühlte sich entsetzlich allein.

*

Am Ende eines anstrengenden Nachmittags kam sie vom Supermarkt Ed in Barbès, und ihre Plastiktüten gaben dem Gewicht der Konservendosen nach; ein paar Romajungen nutzten die Chance, sammelten sie auf und rannten davon; niemand half ihr, den Rest ihrer Einkäufe zu tragen. In der Jugendherberge räumte sie ihre Sachen in das Gepäckschließfach, um sie sich nicht von einem Touristen klauen zu lassen, der zu müde war, in den hundert Meter entfernten Eckladen zu gehen. Jedes Mal wenn sie das Schließfach öffnete, verlor sie ein 2-Euro-Stück. Sie aß nur kalt, weil sie keinen Zugang zur Küche hatte. Sie führte ein kostspieliges und aufreibendes Campingleben und hatte noch kein einziges Museum besucht.

Aurélie hatte bei der Arbeitssuche alle Geschwindigkeitsrekorde geschlagen. Ihr erster Arbeitstag als Springerin war der Montag nach dem Vorstellungsgespräch. Das Unternehmen hatte ihr einen streng geschnittenen Hosenanzug zur Verfügung gestellt, kaum besser als der von H & M. Die offenen Haare und die nicht manikürten Fingernägel wurden ihr als unprofessionell angekreidet. Sie hatte zwei Monate Probezeit, danach würde sie einen unbefristeten Vertrag erhalten. Am ersten Tag stand sie um 5.30 Uhr auf, um ab 6 Uhr verfügbar zu sein. Sie machte sich vor dem rissigen Spiegel im Gemeinschaftsbad zurecht, neben ihr schminkten sich deutsche Touristinnen ab, die gerade aus dem Club kamen. Im Schlafraum zog sie sich diskret an. In dieser Nacht teilte sie ihn mit zwei Personen, die sie nicht mal nach ihrem Namen oder ihrer Nationalität gefragt hatte. Sie sprach sehr schlecht Englisch und hatte schon festgestellt, dass Paris nicht gerade freundlich machte. Sie war noch keine Woche in Paris und schon völlig erschöpft.

9

In den ersten Metros am Morgen sind die Gesichter traurig, der Teint fahl, die Augenringe dunkel; schlaff umschließen die Hände ein eingeschweißtes Croissant oder eine Packung Fruchtsaft. Das Licht in den Waggons betont die müden Züge und die zusammengepressten Kiefer; beim Umsteigen erwacht die Menge wieder zum Leben und rennt durch die Gänge, drängen sich die erschöpften Körper, aus Angst, zu spät zu kommen. Die Verkäuferinnen in den Bäckereiketten, die Abwäscher, Straßenkehrer, Köche, Mechaniker, Kindergärtnerinnen, die Hilfskräfte für Säuglingspflege in den Krippen, die Krankenpfleger, Studenten, Kioskbetreiber, Lieferanten bewegen sich schweigend vorwärts, bevor sie in ihre Rolle schlüpfen und für die Kunden ihre Schürze umbinden; sie sind die Bühnenarbeiter des Pariser Theaters. Einige kommen von weit her und sind sehr früh aufgestanden, die 6-Uhr-Metro ist die letzte Station ihrer Reise. Die Entfernung zwischen Wohnung und Arbeitsplatz beträgt bis zu hundert Kilometer. Ein paar Tage zuvor hatte Aurélie eine Anzeige für eine Wohnung im Departement Oise entdeckt, das zum vierten Umkreis von Paris gezählt wurde. Es war fast ein Wunder, sechzig Kilometer von der Gare Saint-Lazare entfernt eine Zweizimmerwohnung für nur 580 Euro warm zu finden.

Als Aurélie in La Défense ausstieg, musste sie den Kopf in den Nacken legen, um das Gebäude zu finden, zu dem man sie beordert hatte. Die Adresse, die man ihr mitgeteilt hatte, war nutzlos, weil es nirgends Straßenschilder gab. Der Ort hieß La Défense, die Straßennamen gab es nur für die Post. Niemand konnte ihr Auskunft geben, alle hatten es eilig. Wenige Minuten vor der Zeit erreichte sie den winzigen Empfangsschalter eines riesigen Gebäudes und eilte zur Sprechanlage ihres Arbeitgebers, um sich anzumelden; auf die Pünktlichkeitsprämie von dreiundzwanzig Euro wollte sie nicht verzichten.

Mit einem Blick hatte sie erfasst, wie unverzichtbar ihre Tätigkeit war. Obwohl die Angestellten mit ihren Badges allein durch die Sperre gehen konnten, war eine leere Empfangshalle unvorstellbar, ja beängstigend. Die Hostessen waren gut gekleidet, lächelten und begrüßten jeden, der hereinkam; sie waren wie die Akkordeonspieler in den Touristenstraßen der europäischen Hauptstädte. Der schwarze Blazer war ihr Folklorekostüm. Aurélie wurde in fünf Minuten von einer ungefähr dreißigjährigen madagassischen Tamilin eingewiesen, die zwei Kinder hatte und nur halbtags arbeitete, zusammen mit Bertrand, den Aurélie vertreten sollte. Die Organisation ihres Arbeitstages ließ ihr genug Zeit, um ihre Töchter von der Schule zu holen und ihnen Essen zu machen. Sie wohnte mit ihrer Schwiegermutter, ihrem Mann und den Kindern in einer Zweizimmerwohnung in Clichy; die Familie verzichtete auf mehr Platz, um in einem *friedlichen* Vorort mit *anständigen Leuten* zu leben. Die Schwiegermutter bewohnte das einzige Schlafzimmer. Eltern und Töchter schliefen auf Doppelstockbetten im Wohnzimmer, was in der bevorstehenden Pubertät der Töchter zu Problemen führen würde und ihr Eheleben gänzlich ruiniert hatte.

»Es ist schrecklich, aber manchmal denke ich, es wird leichter, wenn sie tot ist. Bei uns nimmt man die Alten zu sich, das ist normal. Dicht beieinander zu wohnen stört uns dort nicht, aber hier … Wir gewöhnen uns an die Lebensweise, die Kinder wollen Sport und Musik machen, haben Berge von Spielzeug. Wenn deine Kinder keinen richtigen Arbeitsplatz für ihre Hausaufgaben haben, erzählen dir die Lehrer, dass sie in der Schule versagen. Materielle Not ist keine Entschuldigung. Du sollst gefälligst im Komfort leben, das ist dein Recht. Alles ist ein Recht, es gibt nur Rechte. Aber wenn du dir gebrauchte Anziehsachen kaufst, die billigsten Gerichte isst und nie ins Kino gehst, kommst du trotzdem auf keinen grünen Zweig. Die Miete frisst meinen ganzen Lohn. Mein Mann arbeitet nachts, sein Laden ist sieben Tage die Woche von 18 bis 2 Uhr früh auf, ich sehe ihn überhaupt nicht mehr. Das Auto haben wir verkauft. Ich weiß, er arbeitet hart für die Zukunft der Kinder, aber was für eine Zukunft werden sie schon haben, wenn wir ihnen das Studium, den Führerschein oder die Kaution für eine Wohnung bezahlen sollen und nicht können? Unsere Familien sehen wir überhaupt nicht mehr, zum letzten Mal waren wir vor sieben Jahren in Madagaskar. Wir sparen für den Flug, wo wir können.«

»Viele unserer Freunde sind nur zum Studium hergekommen. Sie wollten danach zurück nach Hause, um alles zu ändern. Sie dachten, mit einem europäischen Diplom könnten sie nach Afrika zurückgehen und Politik machen oder eine Partei gründen. Aber sie haben schnell aufgegeben. Heute sind sie lieber hier Wachmann oder Putzfrau, als nach Hause zurückzugehen. In Frankreich hat auch ein Armer seine Waschmaschine, und das Krankenhaus ist gratis. Stattdessen die Welt verbessern … Ich verurteile sie nicht, ich verstehe das total! Hier drückst du auf einen Knopf und hast Licht, die Busse fahren und kommen pünktlich … In deinem Dorf stürzen sich die Kinder auf dich, aus allen Ecken des Landes kommen deine Cousins angefahren und bitten dich um Geld. Du wirst empfangen, als könntest du ab sofort den ganzen Clan versorgen. Du siehst das Chaos auf den Straßen, die Politik, die sich in zehn Jahren nicht geändert hat, du lachst über die erbärmlichen Musiksendungen im Fernsehen, und dass dreimal am Tag der Strom ausfällt, macht dich wahnsinnig. Du siehst die Leute, die nichts tun, weil es keine Arbeit gibt, manche sitzen den ganzen Tag einfach nur da. Du drehst fast durch. Ohne es zu merken, hast du dich europäisiert, du denkst an dein Heimatland wie an ein Land der *dritten Welt*, mit Mitleid und Scham. Deine Kindheitserinnerungen sind zehntausend Kilometer von dem Ort entfernt, wo deine Kinder zur Welt kommen, die deine Muttersprache nicht mehr verstehen. Du bist nirgends mehr zuhause. Du wirst nie eine richtige Französin werden, aber deine Töchter sind es schon.«

Sie erklärte ihr die Software für die Badges von Tagesbesuchern. Man musste nur den Namen, den Vornamen und das Datum eingeben und ein Feld anklicken, dann begann der Druck. Die Personalausweise, die als Pfand hinterlassen und vor dem Gehen wieder abgeholt wurden, mussten in einer Plastikschachtel mit kleinen Registerkarten alphabetisch eingeordnet werden. Mit dem Bar-Code auf dem Badge kam man durch die Sicherheitsschranken, für einige Etagen wurde ein spezieller Code benötigt. Ein Blatt mit den wichtigsten englischen Sätzen steckte in einer Plastikhülle in dem großen

Ordner neben dem Telefon, das nur selten klingelte, weil Anrufer die Direktwahl benutzten. Die Hostessen durften am Arbeitsplatz weder trinken noch essen. Es war verboten, zu lesen oder persönliche Dinge mitzubringen. Manchmal kam unangemeldet ein *Standortmanager* vorbei, um die Einhaltung der Regeln zu kontrollieren und die Sauberkeit der Fingernägel und der Arbeitskleidung zu überprüfen. Wenn man Jeans trug, gab es eine Rüge, die in die Personalakte eingetragen wurde. Das Unternehmen hatte einen Leitfaden erstellt und eine ISO-Zertifizierung erhalten. Jede Hostess musste tadellos und professionell bis unter die Nagelhaut sein.

Nach dem ersten Arbeitsmorgen erfüllte sie ein unerträgliches Gefühl von Lächerlichkeit und Scham. Ihre Arbeit bestand darin, zu lächeln und zu hoffen, dass jemand sie bat, ein Taxi zu reservieren; die Nummer war im Telefon eingespeichert. Die heuchlerischste ihrer neuen beruflichen Verpflichtungen bestand darin, immer einen beschäftigten Eindruck zu machen. Die Hostessen hatten keine Aufgaben, aber die Kunden sahen nicht gern, dass jemand fürs Nichtstun bezahlt wurde. Sie mussten also auf den Computer ohne Internetverbindung starren und mit konzentriertem Gesicht endlos Solitär spielen, den Ordner öffnen und tun, als suchten sie ein Dokument, die Zeitansage anrufen, um am Telefon gesehen zu werden. In der Anzeige des Jobcenters, auf die Aurélie geantwortet hatte, stand, dass kein Bildungsabschluss unter Abitur akzeptiert werde.

In der Mittagspause kaufte sie sich bei Pomme de Pain ein Hähnchensandwich und eine kleine Flasche Gemüsesmoothie. Aus dem Etikett ging hervor, dass der Saft vor allem aus Apfelkonzentrat, Orange und weniger als 5 Prozent Spinat und Brokkoli bestand. Beides zusammen kostete acht Euro, das entsprach dem üblichen Wert eines Restaurantgutscheins. Am Nachmittag kämpfte sie gegen den Schlaf; sie war in aller Herrgottsfrühe aufgestanden und musste nun den ganzen Tag untätig herumsitzen. Reinigungskräfte gingen an den Stufen und Mäuerchen der Esplanade Sud vorbei und sammelten mit Greifzangen die Pappbecher und Plastikverpackungen auf, die Finanz- und Versicherungsmitarbeiter und die zahlreichen Angestellten der Firmenzentralen im größten Geschäftsviertel Europas weggeworfen hatten.

Die Eingangshalle war viel zu hell beleuchtet. Die Absätze der glänzenden Lederschuhe eiliger Männer knallten auf die makellosen, spiegelglatten Fliesen. Die dezent geschminkten Frauen hatten die Haare zusammengebunden, oder die Fönfrisuren formten riesige Wellen an den Spitzen, die dynamischen Kader trugen eckige Ledertaschen. Ihre Haltung verriet ein unumstößliches Selbstvertrauen, die Energie ihrer Schritte offenbarte, dass sie wichtige Dinge zu tun hatten. Diesen Rhythmus hatte Aurélie nie bei ihren Eltern und deren Freunden erlebt oder bei den Passanten in Grenoble beobachtet; sie trafen keine Entscheidungen, ihnen lag nicht die Welt zu Füßen, ihr geistiges Universum endete an den Grenzen des Departements. Ihre Kleidung bestand aus Abfallprodukten der petrochemischen Industrie, genauso wie die Verpackungen der Lebensmittel, die sie verzehrten.

Riesige Plakate mit jugendlichen Gesichtern aller Ethnien warben für eine glückliche Globalisierung, das Unternehmen war in mehr als einhundertfünfzig Ländern aktiv. Optimistische Slogans, natürlich auf Englisch, wanderten mit weißen Großbuchstaben über Plasmabildschirme, die überall in der Halle hingen; sie zeigten in Endlosschleife Bilder von Rio in der Sonne, Shanghai bei Nacht, New York im Schnee und dem illuminierten Eiffelturm. Am Nachmittag war Aurélie allein, sie saß sehr gerade auf ihrem Stuhl, ihr über den Empfangstresen ragender Kopf war von zwei Blumengestecken eingerahmt. Sie fühlte sich wie eingeschnürt in ihrem *low-cost*-Anzug. Ihre Schminke verlief, das bei einem chinesischen Händler supergünstig gekaufte Mascara ließ ihre Lider anschwellen. Sie fühlte sich elend in dieser Aufmachung. Sie wusste, dass sie an diesem großen Hof, an den sie irrtümlich geladen war, gar nicht existierte. Ihre Eltern am Telefon waren begeistert gewesen, ihre Tochter arbeitete in La Défense, weiter dachten sie nicht. Sie hätte die Toiletten eines Hilton putzen können, und der bloße Name des Arbeitsortes hätte die Alten mit Stolz erfüllt. In einer Stadt mit zwölf Millionen Menschen war sie allein.

10

Vor dem Wecker aufstehen, aus Abscheu gegen den Klingelton; pelziges Gefühl im Mund, Halsschmerzen, leichte Migräne wegen des Schlafmangels, verquollene und brennende Augen, sich im Licht des Smartphones anziehen, das Schnarchen der Touristen und das Knistern der Neonröhren im Flur hören; sich oberflächlich schminken, die mit der Hand gewaschene, noch nicht ganz trockene Unterwäsche und die Turnschuhe zum Hosenanzug anziehen, die Kunstlederpumps in den Rucksack stecken. Beim Einschlafen frieren, sich zitternd ausziehen, sich mit einer Discount-Eleganz kleiden, die nicht vor der Kälte schützt. Leise verschwinden, schnell durch die Nacht laufen, zur Metrostation kommen, mit der Monatskarte und den Fingerspitzen die klebrige Schranke öffnen, an gekachelten Wänden, auf denen Wasser aus undichten Rohren braune Spuren hinterlässt, die Reklametafeln anstarren, eine Reise für nur 39,99 Euro zuzügl. Steuern, Bikinioberteil H&M an einer dünnen blonden Frau, Palmen, Strand, All-inclusive-Urlaub auf Kreta; Slalom zwischen den Verkäufern von Obst, raubkopierten DVDs oder plastikbeschichteten Postern, Atem anhalten, unerträglicher Gestank, blendendes Licht in den Waggons; rennen, bloß nicht den Anschlusszug verpassen, die Netzanzeige auf dem Telefon im Auge behalten, per SMS die Bestätigung des Arbeitsortes erhalten, die Verantwortliche macht Rechtschreibfehler. Die Werbung empfiehlt Lagerflächen zur Miete am Stadtrand, von der Steuer absetzbaren Nachhilfeunterricht, strahlende Dienstmädchen für Privatpersonen, Intensivkurse für Englisch: Zwei Männer in Schlips und Kragen schütteln sich die Hand.

Aurélie war seit gut zwei Monaten in Paris, sie hatte ihre Probezeit überstanden und konnte sich auf die schwierige Suche nach einer Wohnung machen. Sie war Empfangsdame in einer angesehenen Anwaltskanzlei im 8. Arrondissement, im Callcenter einer Großhandelskette in Rungis, in einem sehr berühmten Museum, in verschiedenen Firmenzentralen und bei einem Unternehmen für audiovisuelle Produktion gewesen. Sie hatte die ganze Peripherie mit Bus, RER und Metro durchquert. Manche Fahrten dauerten hin und zurück vier Stunden, die Fahrzeit wurde nie bezahlt. Sie hatte abgenommen und schon zweimal den Hosenanzug wechseln müssen. Sie ernährte sich schlecht und unregelmäßig, geriebene Möhren in Plastikdosen und Sandwichs mit Hähnchenfleischbrei oder Surimi. Sie hatte ihrer Mutter versprochen, sich Blut abnehmen zu lassen, um eine mögliche Anämie zu klären. Das Labor war nur während der Arbeitszeit geöffnet, die Sekretärin hätte eine Überweisung verlangt. Sie hatte keinen Hausarzt in Paris, hatte sich nicht bei der Krankenversicherung angemeldet. Dazu hätte sie in ein Cybercafé gehen müssen, um die Mail mit dem Formular auszudrucken, und das hätte sie einen ganzen Tag gekostet.

Sie fühlte sich mit allen Straßenkehrern, Schweißern, Gebäudereinigern, Toilettenfrauen, Busfahrern und Verteilern von Gratiszeitungen verbunden, die schon arbeiteten, wenn sie aufstand. Ihr Hosenanzug schuf eine Distanz, sie hätte ihnen nur schwerlich erklären können, dass viele, die so herausgeputzt waren, auch nur Mindestlohn bekamen; die Arbeiter und ihresgleichen begriffen das nicht, aber die Betroffenen sahen den Unterschied in der Qualität der Kleidung sehr deutlich. Sie hatte sich die perfekte Telefonstimme angewöhnt, hatte *das Lächeln in der Stimme*, das ihre Auftraggeber von ihr verlangten, und für die vornehmsten Empfangshallen ein paar Worte Russisch und Mandarin gelernt. Sie hatte in ihrer absurden Arbeit eine gewisse Perfektion erlangt. Sie war pünktlich, lächelte und füllte das Anrufblatt korrekt aus, wenn sie in einer Zentrale arbeitete. Wie ihr Vater in der Fabrik war sie eine gute Angestellte, diskret und immer verfügbar. Sie war *gut erzogen*. Sie hatte die absurden Codes ihrer Arbeitsstelle verinnerlicht: NR für eingehender Anruf, MP für weitergeleiteter Anruf, JM für unbeantworteter Anruf. Sie machten die eintönige und nicht gerade herausfordernde Arbeit etwas komplexer. Manche Hostessen nahmen ihre Arbeit sehr ernst und taten so, als würden sie unter der Verantwortung zusammenbrechen. Ihr war schon aufgefallen, dass Menschen, die länger eine subalterne, wenig angesehene Arbeit machten, ihre Rolle gern überbewerteten, sich unentbehrlich fühlen wollten und die Neuen maßregelten, damit sie den Schwindel, auf den sie sich eingelassen hatten, nicht allzu schnell durchschauten.

Am Wochenende schlief sie bis zwölf und unternahm ein paar kleine Ausflüge in die nahen Vororte, um die großen Boulevards zu meiden. Sie besichtigte Fontainebleau und Versailles; das Kulturerbe war schön, es erinnerte an ein majestätisches und mächtiges Frankreich, das sie nie kennengelernt hatte. Frankreich unter einer Glasglocke, sein Wein und sein Käse, seine Küsten und sein Meer, seine Mode, seine Raffinesse entzückten kulturbegeisterte Amerikaner und Chinesen. Die Franzosen aßen inzwischen andalusische Tomaten und Discount-Käse; das Land, in dem sie lebten, war das beliebteste Reiseziel der Welt, und sie waren ungewollt zu Museumswärtern geworden.

Sie lief gern durch den Bois de Vincennes, die kleine Insel urbanisierter Natur gab ihr das Gefühl, *im Grünen* zu sein. Manchmal ging sie mit Kolleginnen, die ihre Starbucks-Getränke fotografierten und in den sozialen Netzen posteten, einen Kaffee trinken und redete über Belanglosigkeiten. Abends sparte sie die Übernachtung, indem sie die ganze Nacht im Furieux, einer Rock-Bar nahe Bastille, blieb. Sie setzte sich gern mit einem Buch in die Ecke auf ein altes rotes Sofa. Leute sprachen sie an, die Kontaktaufnahme war verblüffend einfach. Sie ließ sich zum Bier einladen, um sich zu unterhalten. Im Gegensatz zu Grenoble, wo jedes Gespräch sehr schnell zu schlüpfrigen Bemerkungen, gierigen Blicken und Geraune führte, hatten die Pariser ein neurotisches Verlangen zu reden. Oft stand die Arbeit im Mittelpunkt. Sie wurden sich sehr schnell einig, dass sie ein absurdes Leben führten, aber niemand dachte daran, die Stadt zu verlassen. Sie fürchteten die Langeweile der Provinz und den verlangsamten Lebensrhythmus dort, obwohl sie in Paris nur sehr selten Gelegenheit hatten, besondere Ausstellungen oder Kulturereignisse zu erleben. Manchmal blieben die Gespräche sehr oberflächlich, vor allem mit Studenten auf der Durchreise mit Wanderrucksack, Stadt-Turnschuhen und einem gepflegten Dreitagebart. Ihre Väter waren Ingenieur, Arzt oder Berufsoffizier, sie kamen aus Yvelines oder den Regionen der Provinz, die ein Pariser gerade noch akzeptierte: Haute-Savoie, Atlantikküste, Hinterland der Provence, bretonische Küste oder der Teil der

Normandie, von dem man in einer Stunde in der Hauptstadt war. Sie fanden Paris altmodisch, langweiliger als London und zu teuer, aber es war die einzige Stadt in Frankreich, die vor ihren Augen Gnade fand. Sie waren nicht unnett, aber Aurélie konnte kaum glauben, dass sie im selben Land aufgewachsen war wie diese Leute. Sie mussten nicht nach der Vorlesung arbeiten und fanden mit unverschämter Leichtigkeit einen Praktikumsplatz. Sie studierten bis fünfundzwanzig und waren schon in einem Dutzend Länder gewesen. Sie verachteten die Gewerkschafter und träumten vom globalisierten Kosmopolitismus, aber beim Wort »Araber« dachten sie ebenso an »Gesindel« wie an »Diebe«, wenn von Roma die Rede war. Sie behaupteten, gegen die Diskriminierung von LGBT zu kämpfen und rühmten die Vorzüge des Freihandels, erklärten Frankreich zu einem dahinsiechenden postsowjetischen Land und wählten die Sozialisten.

Ihre Freunde für einen Abend sprachen mehr als sie, ohne sich im Geringsten daran zu stören. Meistens verabschiedeten sie sich, ohne sie nach ihrem Namen gefragt zu haben, dankbar und erleichtert wie nach einem sublimierten Koitus, für den sie bezahlt hätten. Es gefiel ihr, ihnen zuzuhören und diesen Moment der völligen Offenheit zu erleben. Sie mochte es, ihren Blick zu erhaschen, an den Punkt zu gelangen, wo die Studenten gestanden, dass sie ohne Lust studierten, die Beamten zugaben, dass sie ihr Gehalt nicht verdienten, die Professoren offenbarten, dass sie überfordert waren, und die Informatiker beichteten, dass sie Stützen einer Welt waren, die sie nicht wollten. Am Wochenende verließen sie ihre Computer und kauften auf dem Markt ein, lasen alte Bücher, stöberten in ausgefallenen kleinen Läden ihres Stadtviertels, besuchten Kurse für Holzbearbeitung oder Stricken, sehnten sich nach einem empirischen Leben, nach Handarbeit, waren ständig auf der Suche nach Selbstgemachtem und nach Empfindungen, die nicht aus dem Netz stammten. Aus Überdruss am virtuellen Leben suchten sie für einen Abend reale Freunde. Aurélie blieb stumm oder schrieb ihre Biographie um und nannte nie ihr Alter. Diese Begegnungen boten ihr die Gelegenheit, Komödie zu spielen. Besonders gern nährte sie sich von den Erlebnissen der Menschen, hörte ihre Reiseberichte, betrachtete manchmal die Fotos ihrer Kinder. Bei den gleichen Leuten, die ihren Weg während der Woche mit größter Gleichgültigkeit kreuzten, fand sie hier für ein paar kurze Augenblicke eine Empfindsamkeit und Aufrichtigkeit, die sie rührte, ohne dass sie genau hätte erklären können weshalb. Die Feindseligkeit, die sie in der Metro erfüllte, machte ehrlicher Sympathie, Wohlwollen und einer Leichtigkeit Platz, die sie selbst überraschte.

Wenn die Bar zumachte, bat sie um Unterkunft. Sie wurde in winzigen Wohnungen aufgenommen, auf deren Regalen ein ganzes Leben stand, Optimierung von begrenztem Raum, jeder Zentimeter kostbar. Ihr Gastgeber klappte ein Schlafsofa auf, sie legte sich geschminkt und ungewaschen hin. Dann schlief sie schlecht, in ihren Sachen und darauf bedacht, früh aufzubrechen. Sie wollte nicht bei einem Fremden duschen, frühstücken, Zeugin seiner Verlegenheit am Morgen danach werden, auch wenn er sie nicht in sein Bett geholt hatte, weil er in dieser Umgebung, über die er sich ein paar Stunden zuvor noch so aufgeregt hatte, eine andere Vertrautheit mit ihr geteilt hatte. Sie verschwand auf Zehenspitzen und ließ einen Zettel mit ihrem Dank zurück.

11

Während der Woche hatte Aurélie nur sehr wenig Zeit, um nach einer *Wohnung* zu suchen. Sie behielt dieses Wort im Kopf, obwohl die zur Miete angebotenen Objekte selten mehr als 20 m² hatten. Wenn sie an ihrer Arbeitsstelle Internet hatte, las sie die Privatanzeigen. Sie schrieb die Telefonnummern in ein kleines Heft, um während der Mittagspause anzurufen, aber eine Stunde nach der Veröffentlichung waren die *Immobilien* meistens vergeben. Nach einem Monat intensiver Suche hatte sie schon ein Moleskine, das einzige Luxusobjekt, das sie besaß, vollgeschrieben. Sonnabends und sonntags setzte sie die fruchtlosen Besichtigungen fort.

Sie ging zu den Besichtigungen, ohne wirklich teilzunehmen; man wurde in Gruppen geführt, Minimum zehn Interessenten, oft einer pro m². Überall hörte sie von exorbitanten Maklergebühren zwielichtiger Immobilienfirmen und von Kautionen in Höhe von zwei Monatsmieten, die vor dem Einzug fällig wurden, das war zwar illegal, wurde aber allgemein geduldet. Wenn sich ausländische Studenten in der Truppe der Bewerber befanden, die nur für ein Semester kamen, wurden sie bevorzugt; die Vermieter schätzten unkritische, häufig wechselnde Mieter. Immer wieder sah sie Dachkammern mit Außenklo. In der Rue des Martyrs im 18. Arrondissement war die Treppe, die zu den 13 m² führte, zu schmal für eine Person, man musste die ausgetretenen Stufen seitlich hinaufgehen. Eine farblose Fünfzigjährige in Bleistiftrock rühmte die Vorzüge des Bohème-Lebens, sogar ohne Dusche, der glückliche

Mieter der Wohnung würde einen Schlauch an den Wasserhahn stecken und sich mitten im Zimmer in einer Schüssel waschen müssen. So hätten sich die Menschen in ihrer Kindheit gewaschen, fügte sie mit einem professionellen Lachen hinzu. Sie trug eine Pariser Monatsmiete an den Füßen, musste ganz sicher seit vierzig Jahren nie auf ein richtiges Badezimmer verzichten und hätte sich lieber umgebracht, als in dem zu wohnen, was sie verzweifelten Lohnempfängern anbot. Die Situation war wie gemacht für Miethaie, auf Websites mit Kleinanzeigen wurden sogar schon illegal Kellerräume und Garagen vermietet.

Das Gehalt von Aurélies Eltern lag unter der Steuergrenze; ihr eigenes Dossier war dünn, nur drei Gehaltsbescheinigungen, knapp über dem Mindestlohn. Sie war nicht in Paris, um ein angesehenes Studium fortzusetzen, was ihr die Sympathie der Vermieter hätte einbringen können, sie hatte keinen einflussreichen Freund, dessen anständiges Gehalt als Bürgschaft hätte dienen können, keine Großeltern mit wertvollem Grundbesitz. Die für eine Bewerbung nötigen Unterlagen, die man am Telefon verlangte, variierten; sie fragte sich, ob nicht bei manchen ein perverses oder voyeuristisches Vergnügen dahintersteckte, und rechnete damit, irgendwann eine Gesundheitsbescheinigung des Gynäkologen oder die Taufurkunde ihrer Mutter vorweisen zu müssen. Es gab keinerlei Kontrolle, der Pariser Immobilienmarkt war die einzige völlig deregulierte, ja geradezu anarchistische Zone in Frankreich. Die Stadt brauchte ihre Arbeitskraft, wollte sie aber nicht in ihren Mauern haben. Die graue, triste gotische Stadt war ein Lebensort für Privilegierte. Um zu mieten, musste man einen Lohn beziehen, der mindestens das Dreifache der

Miete betrug; die durchschnittliche Kaltmiete lag bei fünfhundert Euro – ohne Nebenkosten – für die Fläche ihres Kinderzimmers in Fontaine.

Sie beschloss, sich auf die Vororte zu konzentrieren. In Fontenay-aux-Roses besichtigte sie ein Zimmer in einem großen Haus, zwanzig Minuten Fußweg zum RER. Das Zimmer hatte 9 m² und weder Schränke noch Regale, man durfte eigene Möbel mitbringen. Die Sachen der aktuellen Bewohnerin lagen in Kartons, ihre Unterhosen trockneten auf der Heizung, ein Bücherstapel diente als Nachttisch; das Zimmer war von dem Einzelbett fast ausgefüllt, man konnte sich nur seitlich bewegen, und um die Tür zu öffnen, musste man die Ordner beiseiteschieben, die aufgeschlagen auf dem Boden lagen. Die Miete betrug dreihundertneunzig Euro, die Kaution etwas weniger als achthundert. Im Gemeinschaftsbad im Erdgeschoss gab es eine Duschkabine mit schmuddeligen Schiebetüren, ein schimmliges, feuchtes Handtuch diente als Badvorleger, der Spiegel über dem vergilbten Waschbecken war gesprungen. Im Becken sah man die Spuren der Zahnpaste, die die Mieter ausgespuckt hatten, quer durch den Raum war eine Wäscheleine gespannt. In der Gemeinschaftsküche gab es einen einzigen Kühlschrank, in dem die sechs Mieter ihr Essen stapelten, der Vermieter haftete nicht für den Diebstahl von Lebensmitteln. Nach *Geschichten* zwischen früheren Mietern durfte man sein Essen nun auch im Zimmer aufbewahren. Jeder hatte sein Geschirr und war verpflichtet, die Küche sauber zu hinterlassen, wenn er sich etwas zu essen gemacht hatte. Die Toilette teilte man mit den anderen Bewohnern.

So vermietete der Eigentümer das von den Eltern geerbte Einfamilienhaus, er selbst wohnte mit seiner Frau und seinen Kindern in der Beauce und verkündete, er hasse Paris. Es gab einen kleinen Garten, zu dem jeder Zugang hatte. Nach einem raschen Rundblick konnte man sich das Haus ein paar Jahrzehnte zuvor vorstellen: Landleben in der Nähe der Hauptstadt, ein Kaninchenstall, Hühner, ein winziger Gemüsegarten, eine echte Familie, ein menschliches Leben.

Für Familien gab es keinen Platz mehr, die Lebensorte waren trostlos geworden, Paris zu verlassen dauerte eine Stunde; Bahngleise, Postverteilzentren, Kläranlagen und Gewerbegebiete hatten die Parks und Felder von einst ersetzt, die Flüsse waren Kloaken, die Luft konnte man kaum atmen. Nur Tokioter und Chinesen auf der Suche nach dem ultimativen Kick konnten Paris noch als schöne europäische Hauptstadt bezeichnen. Sie hatte weder Charme noch Kultur, nur internationale Ladenketten, groteske Musicals – immer dieselben seit zehn Jahren in allen westlichen Großstädten –, klassische Konzerte mit Warteschleifenmusik, Selfis an einst heiligen Stätten. Wie ernährte sich Paris? Was war das für ein Leben ohne Wurzeln, wie lebte die niedergeschlagene Bevölkerung, die nur durch das Prestige vergangener Jahrhunderte in dieser Arena gehalten wurde? Der ganze Stress, das Gewirr der Metrolinien, das endlose Netz der Agglomeration, die Banlieue, die sich bis an die Nachbarregionen erstreckte, die zehn Millionen Einwohner reichten nicht mehr aus, um dieser Ballung großer Ballungsgebiete eine Seele einzuhauchen. Die Stadt war eine Filiale großer Konzerne von Staatenlosen, man lebte dort nicht anders als in jeder beliebigen Giga-Stadt der Welt.

Irgendwann hatte sie es begriffen. Es ließ sich nicht mehr leugnen, sie wurde auf einem Altar von Dummheit und Verzicht geopfert. Sie arbeitete in demütigender Minderwertigkeit, man verlangte von ihr, dass sie nie mehr als sechs Stunden schlief, dass ihre Nägel sauber waren, dass sie per Telefon stempelte, wie die Fabrikarbeiter an ihrer Stechuhr; unaufhörlich überprüfte man die Qualität dessen, was sie getan oder produziert hatte, ihr Leben lang würde sie den Managerjargon schlucken, sie würde an schlecht bezahlten Arbeitsplätzen alt werden, überwacht von austauschbaren Vorgesetzten, würde sich beruflich festfahren, wie ihr Vater, der seit Jahrzehnten unter der Fuchtel selbstgefälliger Vorarbeiter schuftete. Für ihre Kaste war Ehrgeiz keine *Qualität*, sondern eine Utopie oder ein Spleen, das war nichts für sie, sie musste aufhören, an irgendeine Entwicklung zu denken, das nannte man dann *Demut* oder *Vernunft*. Sie würde immer mehr arbeiten, um sich eine ungesunde Wohnung zu leisten und sich von plastikverpacktem Essen zu ernähren, das immer weniger Geschmack und Vitamine hatte; sie würde nicht mehr lesen, sondern abends erschöpft nach Hause kommen und sich mit Reality-Shows und schlechten Filmen vollstopfen; sie würde rechts wählen und sich schämen, ihren Arbeitgeber so viel zu kosten, würde das Lebensniveau der Politiker normal finden, die Zurschaustellung des Reichtums der Elite rechtfertigen, *weil man sich nicht schämen muss, reich zu sein*, und man Reiche braucht, *um die anderen zu bezahlen*, würde über die Linken und über ihre Landsleute schimpfen, »die lieber arbeiten sollen, als zu demonstrieren«.

Sie würde eine patriotische Haltung annehmen, die nicht im Geringsten von gesundem Stolz, der Liebe zum Land oder einer kulturellen Tradition motiviert wäre, sondern von krankhafter Angst vor Veränderung – *keine Burka in meinem Lidl*. Sie würde mit einem dummen Mann zusammenleben, an den sie sich mangels Liebe gewöhnt hätte, denn Leidenschaft erforderte eine Energie, die ihr mit jedem Jahr mehr abhandenkommen würde. Ihr *Kerl* wäre ein ewiger Zeitarbeiter, sie hätte einen unbefristeten Vertrag als Telefonistin im Großcontainer eines Gewerbegebiets am Rand einer Fernstraße und würde mit dynamisch-professioneller Stimme ständig die gleichen Sätze wiederholen, um Büromöbel, Doppelfenster, Werkzeugmaschinen oder Fortbildungen zu Vorzugstarifen zu verkaufen. Ihre Gespräche würden aufgezeichnet werden, um die *Kundenzufriedenheit* zu bewerten. Wegen der Brosamen von den Prämien, die ihre Vorgesetzten kassieren würden, die wiederum dem Druck des Regionalleiters ausgesetzt wären, würde sie sich immer um hervorragende Bewertung bemühen. Sie würde nie für einen Kunden arbeiten, sondern immer für einen *Dienstleister,* der einträgliche Verträge mit seinen Partnern unterzeichnen würde, am Ende würde sie nur einen Bruchteil der Vertragssumme erhalten, sie würde eine Leiharbeiterin im Dienstleistungssektor bleiben. Sie würde im Urlaub kaum wegfahren und nur mit ihren Arbeitskollegen verkehren.

Heirat und Mutterschaft kamen ihr unerreichbar vor. Sie litt an der uneingestandenen, aber hartnäckigen Sehnsucht, geliebt und begehrt zu werden und erneut die Lust auf einen anderen Körper zu verspüren, wusste jedoch, dass die Männer ihrer Generation ihr dieses Glück nicht bescheren würden; sie waren so gesättigt von Pornofilmen, besessen von *Fun* und *Party*, dass das Eheleben gewiss nicht auf ihrer Wunschliste stand. In der Frau sahen sie eine Ware, die ihren Verbraucherwünschen entsprechen musste, die wiederum von der Werbung mit retuschierten Körpern diktiert wurden: wilde, aber gekonnt frisierte Mähne, fester Körper ohne die typischen Rundungen der Weiblichkeit, Betonbauch, glattrasierte Vulva, riesige Brüste, die trotzdem keine Stütze brauchten. Die perfekte Frau war ein Pornostar, sie ließ sich auf alle Fantasien ein, die von der Pornoindustrie diktiert wurden, ohne sie infrage zu stellen; das hatte sie bei ihrem ersten jämmerlichen Liebhaber begriffen, der sie in den Arsch ficken wollte, ohne sie nach ihrer Meinung zu fragen, als wäre der Anus eine zweite Vagina, weil er wie viele andere von einer Kleinmädchenmöse fantasierte, die durch eine perverse Umkehr der Werte zum absoluten Symbol der vollendeten, wenn auch allein der Lust des Mannes dienenden Sexualität geworden war. Millionen Männer waren insgeheim überzeugt, dass ihre Vorliebe für eine kindliche Vulva, das Ejakulieren ins Gesicht oder Analverkehr vor allem persönliche Vorlieben waren und keineswegs von der Pornographie beeinflusst wurden.

Die meisten Männer stießen sie ab. Sie erinnerte sich der lüsternen Blicke, die sie seit der Pubertät hatte ertragen müssen, wenn die Väter ihrer Klassenkameraden auf ihre sprießenden Brüste unter dem Top starrten; den ersten BH hatte sie nicht aus Notwendigkeit getragen, sondern um ihre Brustwarzen zu verbergen, die unter den Augen von Männern, die dreimal so alt waren wie sie, hart wurden. Sie dachten gar nicht daran, ihre begehrlichen Blicke auf ein Mädchen im

Alter ihrer Tochter zu unterdrücken, es war die Pflicht des Kindes, sich zu verstecken. Das sexuelle Potenzial einer Zwölfjährigen wahrzunehmen war keine Pädophilie, sondern eine besonders raffinierte Form von Erotik.

Irgendwann hatte sie Alejandro nochmal eine nette Mail geschickt, aber er hatte nicht geantwortet. Dabei war sie so sicher gewesen, dass es etwas Starkes und Aufrichtiges zwischen ihnen gegeben hatte; sie sah ihn immer noch deutlich vor sich, wenn er auf ihr lag und sie sich liebten – sein Blick hatte geglüht, aber nicht vor Liebe, sondern vor Lust. Die Männer sagten die netten Dinge nicht, weil sie liebten oder verliebt waren, sondern, weil sie krank vor Verlangen waren, einen Körper zu penetrieren – auch das begriff sie endlich. Sie hatte so viele Gemeinplätze über die Sexbesessenheit der Männer und ihre genetische Unfähigkeit zur Treue, ihr Talent beim Lügen und die Energie, mit der sie ein Doppelleben führten, gehört und immer gehofft, das seien nur Legenden, die von verletzten Frauen verbreitet wurden. Die Liebe von Männern gab es bestimmt, aber das musste etwas sehr Flüchtiges, sehr Schwaches sein, da sie innerhalb einer einzigen Generation verschwunden war, seitdem die Männer nicht mehr von der Gesellschaft der Verpflichtung unterworfen wurden, eine Familie zu gründen und zu ernähren.

Die Frauen wiederum würden immer bereit sein, für einen Mann zu sterben, den sie für unvergleichlich hielten, den Einzigen, der imstande war, sie zum Höhepunkt zu bringen. Doch für die Männer waren Frauen Wesen, die ihnen zur Verfügung standen, die kämpfen sollten, um begehrenswerter zu sein als ihre Geschlechtsgenossinnen und immer schöner, straffer, schlanker zu werden. Im Gegensatz zur Tierwelt musste bei den Menschen nicht das Männchen darum kämpfen, das Weibchen zu erobern, damit es das Fortbestehen der Art sicherte, es war Sache der Frau, um die Ehre zu kämpfen, sich in einer sterilen sexuellen Beziehung vom Mann penetrieren zu lassen. Dank dieser Umkehr konnte die Wirtschaft Rekordgewinne mit Waren und Dienstleistungen einfahren, die nur der ständigen Veränderung des weiblichen Körpers dienten: Wegwerfrasierer, IPL-Epilation, Geräte, um die Haare glatt, lockig oder wellig zu machen, Haarextentions, unechte Fingernägel, unechte Wimpern, Push-up-BH, Tangas, Nuttendessous, die durch raffinierte Werbekampagnen salonfähig wurden, die Aufwertung anormaler Sexualpraktiken zu *frivolen Spielen* mit diversen, in China hergestellten Accessoires, Rosshaarbürsten gegen Cellulite, Injektionen von Koffein in die Schenkel, von Botox in die Löwenfalte, chemische Koloration, BB-Creme, CC-Creme, Grundierung, Puder, Blush, Wimperntusche, Lippenstift in Puder, Gloss oder Perlmutt. Eine Spitzentechnologie, um Körperhaare mit Laser zu entfernen, gigantische Geldsummen für Mammoplastik, Liposuktion und Zumbakurse in riesigen Hallen.

Aurélie war sehr jung, sie hatte noch viele Jahre vor sich, und diese Aussicht begeisterte sie nicht. Sie hätte eine Wahrsagerin nicht nach einem Leben nach dem Tod gefragt, sondern nach dem davor.

12

Alejandro hatte ihr erklärt, er sei *nicht bereit für eine Beziehung*, er wolle sich weiter seinem Studium und seinen *Projekten* widmen. Aurélie beneidete ihn irgendwie um diesen Egoismus und um die Fähigkeit, die Welt nur durch sich selbst wahrzunehmen, als wären das Tugenden. Keine Stadt, in der er sich niederlassen würde, hätte sie erschreckt. Um bei ihm zu sein, hätte sie in sich den Wagemut gefunden, der ihr sonst bei allem fehlte. Sie hatte überhaupt kein *Projekt*, ihr einziges Ziel war das Abitur gewesen. Von der Arbeiterresignation durchdrungen, die ihr ihre Eltern vererbt hatten, fand sie schon das Wort unpassend. Sie sehnte sich nach einem ruhigen und friedlichen Leben, einfach, aber anregend, an der Seite eines Mannes, wenn möglich für immer oder wenigstens für viele Jahre. Alejandro hatte panische Angst davor, nur eine einzige Frau zu haben, er wollte so viele Vaginen wie möglich penetrieren, einen Sinn in dieser verzweifelten, feuchten und warmen Suche finden. Er war chaotisch, redselig, schwankend und so voll Ungestüm und Energie, dass er am Ende erschöpft und traurig war, weil er nie die Chance erhalten würde, der Welt sein Talent zu beweisen. Der Abschluss, den er vorbereitete, bildete ihn für keinen anerkannten oder gesuchten Beruf aus, er hatte seinen literarischen Ehrgeiz aufgegeben und würde niemals Cortázar sein. Er wollte alles gut, glänzend, mit Maßlosigkeit, Schneid und Risiko machen, alles entdecken, alles wissen, alles lesen, aber die Mittelmäßigkeit seines Alltags, die Routine seines Lebens, auf dem einen Kontinent wie auf dem anderen, stumpfte ihn ab, alles erfüllte ihn mit Überdruss, noch bevor er es ausprobiert hatte. Sie hatte voller Leidenschaft geglaubt, ihre Hingabe in seinen Armen und all die Liebe, mit der sie ihn so gern beschenken wollte, wären eine kostbare Hilfe für ihn, doch er hatte die Möglichkeit, sich ihr hinzugeben, aus Angst, aus dummem und grenzenlosem Stolz ausgeschlossen. Er spielte die Karte des Desillusionierten, der zu viel gelitten hatte, um noch an solche Dinge zu glauben; die Liebe war eine Illusion und die Freundschaft das Kostbarste, was dem bleibt, den das Leben unendlich enttäuscht hat.

Sie hegte einen tiefen Hass gegen alle Frauen, die er vor ihr gekannt hatte und die ihr – davon war sie ehrlich überzeugt – jede Chance genommen hatten, eines Tages seine ganze Zuneigung zu erhalten. Inbrünstig verachtete sie alle, die ihren Geliebten ausgenutzt hatten, ohne sich alle Mühe der Welt zu geben, ihn zu halten. Sie hatte gedacht, man müsse sich einen Mann verdienen, für die Liebe arbeiten, als wäre sie eine Baustelle, etwas, das man schleifen, dem man eine Form geben müsse. Er hatte gewiss viel gelitten und auf undankbare Frauen gesetzt, dass er ihr so gleichgültig begegnete.

Und dann eines Morgens, im RER C, der sie nach Rungis brachte, wo sie eine Vertretung als *Verantwortliche für Telefondienste* machte, während sie auf die großen Siedlungen neben den Gleisen schaute, verschwand ihr Groll auf die anderen Frauen und machte einer grenzenlosen Sehnsucht Platz. Sie war nicht mehr wütend, also konnte sie sich ganz der Wehmut hingeben; inmitten dieser absurden, grauen Umgebung aus Straßenlaternen und Betonplatten schrie alles in ihr nach ihm. Mit seinen früheren Geliebten hätte sie über seinen Geruch, seine zarten Gelenke, die Gänsehaut reden können, die sie überlief, wenn er ihr sanft in die Unterlippe biss, bevor er sie küsste. Er war mit vielen Frauen *ausgegangen*, sicher hatten sich alle blind und ohne nachzudenken in ihn verliebt, mit der typisch weiblichen Fähigkeit, im Plural zu denken, jede Beziehung so zu erleben, als wäre es die erste, die persönlichen Interessen für die einer kostbaren und alles entscheidenden Einheit zurückzustellen: das Paar.

Er, pragmatischer und natürlich viel intelligenter, hatte nur an sich gedacht, Eroberungen aneinandergereiht oder lange Beziehungen mit idiotischer Untreue zerbrochen. Sie hatte immer alles geglaubt, was er ihr sagte, jedes Wort auf die Goldwaage gelegt und in schlaflosen Nächten nach einer Logik gesucht, bis sie begriff, dass diese Worte gar keine besondere Bedeutung hatten; sie entsprachen seinem Zustand in der Sekunde, da er sie aussprach, und seine Stimmung änderte sich ständig. Die glänzendsten und zärtlichsten Worte sagte er beim Vorspiel, aber ein »ich liebe dich« konnte seine Bedeutung nur in einer Situation ohne Sinnlichkeit entfalten.

Sie verspürte überhaupt kein sexuelles Verlangen mehr. Für eine nette Viertelstunde müsste sie die Lügen und Heucheleien eleganter Männer ertragen, die ihr vorher die Restauranttür aufhalten und nachher nur kalte postkoitale Fürze zurücklassen würden. Sie wollte nicht ihre Rüpelhaftigkeiten ertragen, sobald der Hoden zwischen ihren Beinen geleert war, so ein animalisches Verhalten widerte sie an. Sie wollte nicht mehr enttäuscht werden und wider besseres Wissen an die Werbeslogans glauben; wenn jemand beim dritten Treffen »ich empfinde etwas sehr Großes für dich« sagte, brach sie den Kontakt ab. Alle Worte waren beschmutzt und hatten nur das eine Ziel, dass sie ihren Rock auf die Knöchel fallen ließ oder über die Hüften hochzog, um den, der das süßeste Geschwätz von sich gab, an ihre Vagina zu lassen. Vielleicht hatte sie zu spät mit dem Sex angefangen, erklärten frühe Beziehungen den frühen Tod des Verlangens und der Ideale des Zusammenlebens. Sie ertrug die Anmache, die heißen Blicke, die Anzüglichkeiten, das schwüle Klima zwischen dem ersten Kuss und der Phase des Ausziehens nicht mehr. Sie hatte ihre Familie und die Welt, die seit der Geburt ihr Leben gewesen war, verlassen, um sich in Gefahr zu bringen und einen Sinn zu finden; sie war gescheitert.

In Paris breitete sich ein Phänomen aus, das ihr schon in der Provinz aufgefallen war: Die Leute hatten kein Alter mehr. Alle Generationen vereinten sich beim *Feiern*, das sehr allgemeine Wort konnte jede Art nächtlicher Beschäftigung bezeichnen, von einem Bier im Freien bis zur endlosen *Party* in der Diskothek, wo man bei elektronischer Musik mit unverständlichen englischen Texten, in denen *Dancefloor* oder *sexy* vorkam, unbezahlbare *Drinks* runterkippte. Noch nie hatte man so viel und so *befreit* über Sex gesprochen, sie aber sah überall nur enthemmte Junggesellen, die einen beträchtlichen Teil ihres Einkommens fürs *Ausgehen* investieren mussten, um für einen Abend oder einen Monat – die geduldete Höchstfrist – einen Partner für die Unzucht zu finden. Nachdem die Wollust in die Kiste der altertümlichen Sonderbarkeiten verbannt war, sprach man gleich über Sex, ebenso, wie man mit immer mehr Diplomen um sich warf, wo diese Diplome nicht den geringsten Wert mehr besaßen. Sie traf dumme Ingenieure und Pädagogikstudenten, die kaum schreiben konnten und stolz waren, dieses Bildungsniveau erreicht zu haben, indem sie Formeln, Sicherheitsprotokolle, Hygienevorschriften und *Konzepte* auswendig lernten, ohne über ihre fehlende Neugier oder geistige Beschränktheit zu erröten.

Es gab keine alten Jungfern oder Junggesellen mehr, weil das Familienleben keine obligatorische Lebensphase mehr war, sondern eine freie Wahl, wie die der Frühstücksflocken, des Haustiers, des Sofas, des Kühlschranks und bald der Haarfarbe eines im Labor gezeugten und personalisierten, in den Uterus der echten oder einer Leihmutter verpflanzten Babys. Es gab nur Bürger, die frei waren, sich zu amüsieren und ihre Einsamkeit zu wählen, die sich für Herren über ihr Leben hielten, das in Wirklichkeit vom Fahrplan des Vorortzugs diktiert wurde. Die auf Fotos von den *Festen* ins Netz gestellten Bierhumpen, die Horden Feierwütiger, die auf der Straße herumschrien, die Suche nach der Anerkennung von hunderten virtuellen Freunden, die fünfunddreißigjährigen Partygänger, die in den Bars Abiturientinnen anbaggerten, die endlose Studienzeit und die Jugend bis zum Tod – das war alles zum Verzweifeln.

13

Aurélie hasste die Station Châtelet-les-Halles. Manchmal musste man zum Umsteigen eine Viertelstunde laufen, und sie wusste, dass sie *zu ihrer Sicherheit* gefilmt wurde. Quietschend bremste der RER, auf dem Bahnsteig zeichnete sich ein gelbliches Mosaik ab. Futuristische Automaten mit Schokoladenriegeln und Mini-Chipstüten verbreiteten ein intensives Kunstlicht mit dem Glorienschein ihrer heiligen Mission im Kampf gegen die Unterzuckerung der Massen im Transit. Plasmabildschirme an dreckigen Wänden priesen das neueste ultraschlanke Mobiltelefon. Die Werbung drängte eine Hochtechnologie in den Vordergrund, die in krassem Gegensatz zu dem Armenhaus stand, das jeder, der sich umsah, in der größten Metrostation entdecken konnte. Aber die Reisenden hielten den Blick gesenkt und verschickten Smileys, regulierten die Lautstärke der Musik oder lasen die tägliche Gratiszeitung, die oben an der Rolltreppe für die klügsten Köpfe verteilt worden war. Die Nachrichten mussten schnell, klar, leicht zu erfassen sein und ständig aktualisiert werden. In den nichttouristischen Arrondissements ekelte sich Aurélie nach dem Regen vor dem weichen Boden unter ihren Füßen. Sie lief über einen Teppich aus Kippen, vollgesogenem Asphalt und Abfällen. Die Müllsäcke waren aufgerissen, die Wände mit Werbung oder Konzertankündigungen beklebt. Die Stadt war schmutzig und feindselig.

In einer Agentur für *Webmarketing* hatte sie Franck kennengelernt, der direkt neben der Kathedrale der französischen Könige in Saint-Denis wohnte. Sie hatte bald gemerkt, dass sie ihm gefiel, er war sehr ungeschickt und kam mehrmals am Tag unter dem Vorwand zum Tresen, nach Post zu fragen. Er stammelte, wenn er sie sah, und als er sie zum ersten Mal einlud, wurde er knallrot. Sie nahm die Einladung an und langweilte sich ein bisschen. Er war Finanzchef, ein Kader, der ganz in seiner Arbeit aufging, förmlich mit ihr eins war und sich an ihr festklammerte. Sein ganzes Leben diente dem Büro. Seine Freunde, seine Freizeit, seine One-Night-Stands und seine Beziehungen hatten nur ein Ziel: Endorphine freizusetzen, um seine Produktivität zu steigern. Er war das, was man einen *anständigen Kerl* nennt, ein etwas ungeschickter Ausdruck für jemanden, der nett, aber völlig uninteressant ist und der sich bei der Arbeit deutlich mehr engagiert als bei der Konversation.

Franck stammte aus den Ardennen, war seit zwanzig Jahren in Paris und hatte mit einem Kredit über dreiundzwanzig Jahre eine Zweizimmerwohnung in Seine-Saint-Denis gekauft, für einen Junggesellen von fünfundvierzig ein Luxus, den sein anständiges Gehalt möglich machte. Er hatte in Orléans ein Kunststudium begonnen, sich dann aber mit einem Freund zusammengetan, der versuchte, einen *eigenen Laden aufzumachen*. Das Unternehmen war gescheitert, aber er hatte dabei die Grundlagen seines späteren Berufs gelernt und im Fernstudium eine Ausbildung gemacht. In drei Jahren hatte er als Externer einen Fachhochschulabschluss für Buchhaltung gemacht, sich dann für eine Licence in Volks- und Betriebswirtschaft eingeschrieben und die letzten beiden Studienjahre mühsam in vier Jahren absolviert, weil ihn seine erste Scheidung stark mitgenommen hatte. Danach hatte er sich bei der Bank 50 000 Francs geborgt, um an der Université Panthéon-Assas in Ruhe zwei weitere Jahre zu studieren und einen Master in Marketing und Unternehmenskommunikation zu machen. Er bedauerte nur, dass er kein postgraduales Managerstudium angeschlossen hatte. Als er ihr das gestand, senkte er verschämt den Blick und seine Stimme wurde ganz leise. Zweifellos waren diese Erfolge, die ihm nicht in die Wiege gelegt waren, sehr verdienstvoll. Fünfundzwanzig Jahre vor ihr hatte er beschlossen, seiner Herkunft zu trotzen und sich aus ihr zu befreien. Mit dem Kampf um seine Karriere hatte er zugleich um sein Überleben gekämpft. Er hatte es geschafft, und er wollte die Früchte seiner Mühen ohne finanzielle Opfer für die Erziehung von Kindern genießen. Am Wochenende war er erschöpft, sowieso fand er, es sei unmöglich, in Paris Kinder zu haben. Ebenso undenkbar war es für ihn, woanders zu leben. Er sehnte sich nur nach einer dauerhaften, anständigen Beziehung, einer Gefährtin, mit der er sich zwischen dem Einkauf im Monoprix und Sushi-Abenden mit legal heruntergeladenen Filmen von offiziellen Portalen in altmodischer Gefühlsduselei ergehen konnte.

Er war sehr stolz darauf, in Paris zu leben und an einer der *besten Universitäten Frankreichs* studiert zu haben. Er hatte sich seiner Wahlheimat gut angepasst und sprach mit etwas verächtlicher Gleichgültigkeit von der Provinz. Wie viele Pariser liebte er das Landleben und die Restaurants mit regionalen Produkten. Er ging in Feinkostläden, um *Fromages secs* und *anständige, aber nicht protzige* Weine zu kaufen. Er war gewissermaßen ein in seinem Teller verwurzelter Städter, ein

Landbursche in Schlips und Kragen, ein in den Asphalt verliebter Nostalgiker der fruchtbaren Erde. Er lud Aurélie in gute Restaurants und am Freitagabend ins Konzert ein. An jedem Wochenende gab es einen Künstler oder eine *neue, vielversprechende Band* zu sehen, aber sie verspürte keine Begeisterung und nicht die geringste Lust, ins Kunstleben der Hauptstadt einzutauchen. Jedes Mal spielten die immer gleichen Musiker mit langen Haaren, Sonnenbrillen, dichtem Bart und altmodischen Vintage-Klamotten süßliche, mit Electro gespickte Popmusik. Alle sangen Englisch, egal, ob sie aus Charleville-Mézières oder Saint-Étienne kamen.

Er bot ihr an, zu ihm zu ziehen, und sie willigte ein, erleichtert, dem Elend der Jugendherberge zu entkommen. Es dauerte ein paar Tage, bis sie sich an das saubere, verzierte Badezimmer gewöhnt hatte, in dem sie sich jetzt nackt und mit diversen Duschbädern der Körperpflege hingeben konnte, ohne dass das Wasser wegblieb. Trotzdem fühlte sie sich in der neuen Wohnung, die ihr riesig, geradezu luxuriös vorkam, nicht richtig wohl. Nach sechs Monaten im Schlafsaal der Jugendherberge fand sie die Zimmer zu groß, ängstigten sie der möblierte Raum und der bescheidene Komfort wie eine Falle, die sich über ihr schloss. Sie hatte es nicht geschafft, allein eine Wohnung zu finden, diese Niederlage hinterließ einen bitteren Nachgeschmack. Ihr Koffer blieb unausgepackt, sie blieb bereit zum Aufbruch. In den letzten Monaten hatten Ungewissheit und Instabilität ihr Leben bestimmt, sie konnte nicht zur Ruhe kommen. Als sie das feststellte, dachte sie wieder an Alejandro, der auch immer bereit war, fortzugehen, und jede emotionale oder materielle Bindung ablehnte. Sie hätte die Erinnerungen gern abgeschüttelt, aber sie fühlte sich ihm immer näher. In Paris erlebte sie ein Exil, das sich sehr von seinem unterschied, ihm aber auch in vielen Punkten ähnlich war; unwillkürlich verglich sie alles mit Grenoble und wertete Paris auf, indem sie die Stadt ihrer Kindheit schlechtmachte, aber wenn ihre Mutter anrief, hatte sie einen Kloß im Hals. Sie hatte die Not, die Entbehrung, das Gefühl des Verlassenseins, das Heimweh, die Sehnsucht nach der Familie kennengelernt. Sie hätte ihm so gern gesagt, dass sie ihn verstand und dass sie nie aufgehört hatte, ihn zu lieben. Sie konnte jederzeit zurückgehen, aber nach Grenoble heimzukehren wäre das Eingeständnis des Scheiterns gewesen, und so hielt sie ihr Stolz in dem Höllenrhythmus, den sie sich auferlegt hatte. Der Schmerz, der sie quälte, war tief, sie war unbefriedigt von dem Leben, das sie erwartete, in Grenoble wie in Paris. Sie musste *ihren Platz finden*.

Sie lebte mit einem netten Mann zusammen, der alles planen und sie mit Geschenken und faden Umarmungen beglücken wollte. Er traf für sie Entscheidungen, ohne dass sie sich darüber aufregte. Sie hatte ein Dach über dem Kopf. Abends blieb sie allein und schaute im Wohnzimmer, in dem ein gläserner Designercouchtisch prangte, DVDs. Mit Unbehagen betrachtete sie die winzige Mobalpa-Küche mit amerikanischem Kühlschrank, der zu groß für zwei war, und das Doppelbett, in dem Franck sie sanft und sinnlich nahm. Er war ein guter, respektvoller Liebhaber, immer wieder beeindruckt vom jungen, zarten Körper seiner neuen Partnerin. Er war gefühlvoll und beruhigend, höflich und ungeschickt, für viele romantische Frauen wäre er der Märchenprinz gewesen. Da er sich nie für Porno interessiert hatte, sprach er auch nie von Analverkehr und bedrängte sie nicht, wenn sie keine Lust hatte. Sie tat nichts, um zu verhüten, das hatte sie nie gebraucht, weil Alejandro immer Präservative dabeigehabt hatte. Bei den wenigen Abenteuern danach hatte die sexuelle Erziehung gute Früchte getragen, das Kondom war obligatorisch und wurde fast ebenso schnell übergestreift, wie die Ejakulation kam. Franck und sie verließen sich auf den *coitus interruptus*, redeten aber nie über das Thema. Das war zu konkret, zu trivial, zu unpassend für die Glücksblase, die er um sie erschaffen wollte. Als genügte es, keine Kinder zu wollen, um das Risiko auszuschließen.

Nachdem er jahrelang Opfer gebracht hatte, um einen gesellschaftlich anerkannten Job zu bekommen, wollte Franck einfach nur *sein Gehalt genießen*; in seiner Vorstellung waren Kinder das Ende des Eheglücks, die Ataraxie erlangte man zu zweit, das Lebensziel hieß, seine *andere Hälfte* zu finden, keineswegs, sich mit ihr zu vervielfältigen. Es ließ ihn kalt, dass er keine Kinder haben und seinen Namen nicht weitergeben würde, er fand das überholt und ziemlich albern. Ein Name hatte lediglich eine administrative, praktische Funktion. Franck liebte seine Eltern und seinen Bruder, der auch keine Kinder hatte. Seine Herkunft war der Aurélies sehr ähnlich. Provinz, aufgewachsen in einer mittelgroßen Stadt am Rand des Departements, Sohn eines Beamten der Kategorie C und einer Friseurin, Enkel von Bauern, die er nie kennengelernt hatte.

Immerhin hatte er sehr früh ein Zeichentalent entwickelt und ab der 5. Klasse Malkurse besucht. Weil ihn seine Klassenkameraden für dieses altmodische »Schwuchtelhobby« verspotteten, versteckte er seine Zeichnungen und weinte lautlos im Bett. Seine Lehrer sorgten sich wegen *fehlender Sozialkontakte*. Am Gymnasium wählte er den literarischen Zweig, in dem sich die »Exzentriker« versammelten. Diese drei Jahre früher Jugend und der ersten künstlerischen Regungen waren als die schönsten seines Lebens in sein Gedächtnis eingegraben. Damals war es einfach, sich mit jungen Dichterinnen ewige Liebe zu versprechen. Auch bei den Amateurfotografinnen, die in die Wälder gingen, um gothic-inspirierte Porträts mit unechten Blutlachen im Schnee aufzunehmen, hatte er einen gewissen Erfolg.

Franck hatte sich ziemlich schnell in Aurélie verliebt. Er suchte Zärtlichkeit, er wollte seine Zweizimmerwohnung in einen Palast verwandeln, seine Geliebte mit kleinen Aufmerksamkeiten überschütten. Es gefiel ihm, dass sie sich nicht für Geld interessierte, ihre recht ungewöhnliche Lebensweise hatte ihn *umgehauen,* wie man so schön sagt. Als er eines Abends ziemlich spät aus seinem Büro kam, lud er sie ein, etwas trinken zu gehen. Sie willigte ein und hoffte, wenigstens mit den Augen ein Steak-Frites zu verschlingen. Sie trank ein paar Martini und schimpfte über Paris, die Pariser, die erbärmlichen Jobs, die Metro. Er amüsierte sich köstlich über ihre Tiraden gegen Châtelet-les-Halles und fühlte sich nicht im Geringsten angegriffen, als sie über die Städter in Slim-Jeans und Converse auf ihren Vélib' herzog, die abends neben Laufbändern saßen, auf denen kleine, knallbunte Teller mit Sashimi vorbeizogen. Er bewunderte ihr Theatertalent, ihre Maßlosigkeit und Leidenschaft, behielt aber nichts von dem, was sie sagte. Zwei Wochen später war sie bei ihm eingezogen.

Der Alltag war von Momenten der Zärtlichkeit, SMS bezüglich der Einkäufe, der Vorbereitung gemischter Salate und Mahlzeiten zu zweit geprägt, begleitet *von einem guten, einfachen, bei einem unabhängigen Händler entdeckten* Wein, obwohl sie sich beide nicht auskannten. Manchmal sahen sie Arte und kauften *Télérama* – sie blätterten die Zeitschrift durch, ohne sie zu lesen. Aurélie mochte ihn gern. Franck war großzügig und betrachtete sie mit einem etwas einfältigen Staunen, wie sie niemand zuvor angesehen hatte. Sie empfand für ihn Freundschaft, aber sehr wenig Begehren; er konnte Paris für mehrere Tage verlassen, ohne dass sie die geringste Sehnsucht oder Traurigkeit empfand. Sie bemerkte seine Abwesenheit nur an ihrem wachsenden Unbehagen in der leeren Wohnung. In sehr kurzer Zeit hatte sie einen *Beziehungsstatus* erworben. Sie behielt ihre Arbeit als Empfangshostess, ohne Berufsabschluss konnte sie auf nichts hoffen, was befriedigender oder besser bezahlt wäre. Den ganzen Tag dazusitzen und zu lächeln war erträglicher geworden, seit sie mit Franck zusammenlebte, aber die Begeisterung in seiner Stimme, wenn er vom *Büro* sprach, regte sie mächtig auf. Der Zufall hatte ihn ihren Weg kreuzen lassen und ihr eine Wohnung verschafft, aber sie fühlte sich in dem Liebesnest, in das er sie gesetzt hatte, fehl am Platz. Alles war zu stark, zu schnell, zu geplant. Er wollte um jeden Preis eine Beziehung und konnte ohne Gefühle nicht leben. Er liebte sie, weil er jemanden lieben musste, und gab selbst zu, dass er die Einsamkeit nicht ertrug und eine Junggesellenphobie hatte.

Sie malte sich häufig aus, wie Alejandro unterschiedliche Mädchenkörper in Hündchenstellung nahm. Ihre Generation war auf Instabilität und Veränderung geeicht, auf sexuelle

Lust als folgenloses Vergnügen mit unbegrenztem Potenzial überall auf der Welt. Fast alle ernährten sich mit schlechten und faden Lebensmitteln und bewegten sich in einem kaum noch existenten kulturellen und künstlerischen Universum, für sie war Sex der letzte echte Genuss. Das Leben in der Stadt und die endlos lange in den Transportmitteln verbrachte Zeit schränkten die Lust auf Lektüre und Zerstreuung drastisch ein. Als Garant für sofortige Befriedigung und als sozialer Marker war Sex zum Lebensmotto geworden. Ich ficke, also bin ich.

»Hast du denn keinen Karriereplan? Nicht die geringste Idee, was du *wirklich* machen willst?«, fragte Franck sie einmal am Tag und zog die Brauen bis weit in seine von einer tiefen Falte durchzogene Stirn. Er erzählte ihr von einem einträglichen Vertrag, den er gerade mit einem großen Kunden abschloss, und sie schämte sich, von den Diskussionen mit ihren Kolleginnen über die Maniküre-Anweisungen beim Empfang zu berichten. Er ging in lässigem, aber elegantem Anzug zur Arbeit, abends entblößte er seine beginnende Kahlheit und ersetzte die Linsen durch eine große Brille, die ihn zehn Jahre älter machte. Er setzte sich vor seinen Computer und schrieb seine *persönlichen Mails*, sehr langsam, mit beiden Zeigefingern und immer auf der Suche nach dem nächsten Wort. Er gab vor, angepasst zu sein, das Tempo mitzuhalten, aber sie spürte in ihm eine tiefe Verzweiflung, die eine Partnerin nicht stillen konnte.

Sie wusste, dass sie irgendwann einen halbwegs erfüllenden Beruf finden, ein Studium oder eine Ausbildung beginnen musste. Ihr Leben mit Franck war wie ein Etappenstopp bei einem Rennen. Sie sammelte neue Kräfte und konnte deutlich mehr Geld beiseitelegen, weil sie keine Miete mehr bezahlen musste. Er machte ihr keine Vorwürfe, beklagte aber immer öfter ihren fehlenden Ehrgeiz. Wenn er einen Masterabschluss geschafft habe, sei sie auch dazu imstande. Sie spürte, dass er eine Partnerin auf Augenhöhe brauchte, eine dynamische Dreißigerin hätte weit besser gepasst. Er hatte sich in sie verliebt, weil er einen körperlichen Drang verspürte, verliebt zu sein. Irgendwann wurde ihr mit einer Mischung aus Bestürzung und nervösem Lachen bewusst, dass sie wie ein Mann dachte und dass er sie liebte wie eine Frau.

14

Noch nie war die Mutter so stolz auf ihre Tochter gewesen. Aurélie arbeitete beim Empfang der Aufnahmestudios in La Plaine-Saint-Denis!

»Oh! Du arbeitest beim Fernsehen! Du hast ein Glück! Da siehst du mal, dass ein Studium gar nichts nützt, was! Hast du Jean-Luc Reichmann gesehen? Ist er so sympathisch wie im Fernsehen? Und Karine Ferri? Ist sie wirklich so schlank oder macht das der Bildschirm? Sehen sie wirklich gut aus oder ist das alles die Schminke?«

Sie empfing die Kandidaten für Quiz-Sendungen oder die Rentner, die bei allen Sendungen den größten Teil der Zuschauer ausmachten. Sie bat sie, Platz zu nehmen und zu warten, bis jemand von der Sendung sie abholen würde. Dann konnte sie in Ruhe lesen und mit einem Ohr ihrem Tratsch und ihren Geschichten lauschen. Sie platzten vor Stolz, wenn sie das Autogramm eines Moderators ergattert hatten oder sich mit einer Wetterfee fotografieren durften, die »sehr nett und überhaupt nicht eingebildet« war. Machte sich jemand nicht die Mühe, sie persönlich zu begrüßen, zogen sie über ihn her. Das Fernsehen war ihr Leben, und Aurélie staunte immer wieder über diese Sorte Mensch, die sich rühmte, eine Freistellung bekommen zu haben, um an einem Spiel teilzunehmen, bei dem sie nichts gewinnen würden.

Bei diesem Job lernte sie Benjamin kennen. Tagsüber war er Kurier für Pomme de Pain, abends für eine internationale Pizzakette. Neun Stunden am Tag brachte er mit seinem Roller Diätsalate, Express-, Genießer- oder Mittelmeermenüs zu nervösen, reizbaren und verächtlichen Managern. Sie wechselten öfter ein paar Sätze über die Lieferungen und den Regieassistenten, der dem Kurier mit der selbstgefälligen Miene eines überheblichen Lakaien seine Restaurantgutscheine hinstreckte, um die Bestellung zu bezahlen. Einmal gingen sie ein Bier trinken und dann in sein als Miniwohnung eingerichtetes Zimmer. Er rührte sie nicht an, versuchte nicht mal, sie zu küssen. Sie war nicht sein Typ, er sehnte sich einfach nach einer Freundin in seinem Alter, mit der er sich über die absurde Wendung austauschen konnte, die sein Leben genommen hatte. Es wurde eine echte Freundschaft, und sie war glücklich, dieses Gefühl aus ihrer Kindheit wiederzufinden. Ihre Beziehung war offen, aber er merkte schnell, dass er besser nicht über Frauen sprach. Sie ärgerte sich, wenn die Männer mit einer Gleichgültigkeit, an die sie sich nie gewöhnen würde, von ihrem One-Night-Stand vom Vorabend erzählten. Wenn sie sich darüber aufregte, faselten die Männer was von ihrem Menstruationszyklus und nannten sie Zicke, Hysterikerin oder *zu kompliziert*. Nichts durfte vielschichtig oder dicht sein, alles musste linear, angepasst, auf Bestellung kommen. Der Wunsch des Konsumenten, rund um die Uhr und sieben Tage in der Woche einkaufen zu können, fand sich im Verlangen ihrer Zeitgenossen gespiegelt, nach Belieben über Freunde, Kumpel zum Feiern, One-Night-Stands und echte Beziehungen zu verfügen. Alle sozialen Beziehungen waren ohne Verpflichtung und konnten ohne Kündigungsfrist beendet werden.

Benjamin war sechsundzwanzig. Er kam aus dem Departement Sarthe, hatte ein B.A. in Geschichte abgeschlossen und war nach Paris gekommen, um an der Sorbonne weiterzustudieren. Er entsprach in vielerlei Hinsicht dem typischen jungen Mann seiner Generation, hatte aber eine durchaus originelle Leidenschaft für die Geschichte des Mittelalters. Da er kein Zimmer im Wohnheim bekam, begann er mit den Kurierdiensten, um seinen Master zu finanzieren. Leider deckten Stipendium und Halbtagsjob nicht alle Kosten. Er musste das Studium abbrechen, und sein Frust machte seither vor allem seinen Shithändler reich, den er ein bis zwei Mal pro Woche in Barbès aufsuchte, wo er in 17 m² wohnte. Er konnte nicht nach Mans zurück. Paris war hässlich, verdorben und ungesund, wie eine syphilitische Nutte. Aber wenn man einmal dort lebte, war es unmöglich, ohne triftigen Grund den Rückwärtsgang einzulegen. Überdruss und Müdigkeit reichten nicht aus. In eine Provinzstadt zurückzukehren war wie in ein verstümmeltes Paris zu kommen, ein Labyrinth von Geschäftsstraßen mit den gleichen Läden und lieblos hergestellten Waren, eine ausgeblutete Altstadt; ein paar Fachwerkhäuser reichten nicht aus, um dem Prestige und der Klasse der Hauptstadt die Stirn zu bieten. Paris war abstoßend und machte süchtig.

Benjamins Vater arbeitete als Buchhalter in einem Transportunternehmen, die Mutter war Hausfrau und half in einem Kindergarten aus. Er war in Mulsanne in einem hübschen und geräumigen Haus aufgewachsen, einem weißen Landhaus mit kleinem Garten, schnell errichtet und in den 1980er Jahren unzählige Male kopiert. Er hatte Klavier gespielt, bis er zwölf war und seine Leidenschaft für Wasserpolo entdeckte.

Er war ein reizender, charmanter Teenager gewesen, einer von denen, die Aurélie im Gymnasium nie anzusprechen gewagt hatte. Zu groß, zu entspannt, mit einer Mühelosigkeit, die manche Leute in der DNA haben, als würden sie nie auf Schwierigkeiten stoßen. Sicher war er auch so ein brillanter Student gewesen, der sich nie ins Zeug legen musste, zu jeder Party eingeladen wurde, mit einem hübschen Mädchen am Arm, ernsthaft genug, um sie länger als ein Studienjahr zu behalten. Er hatte als Freiwilliger auf einer internationalen Baustelle gearbeitet, beim WWOOF und bei Happenings für Greenpeace mitgemacht, er verkörperte die optimale Verbindung von Amüsement und Engagement. Seine schönsten Jahre hatte er erlebt, bevor er nach Paris kam. Nach seiner Ankunft in Montparnasse war er im Meer von zwölf Millionen Parisern ertrunken. Sein entwaffnender Charme, sein Lächeln, sein Verstand und sein B.A. reichten nicht aus, um sich hervorzutun.

Aurélie sah Fotos, die er ein paar Jahre zuvor auf Facebook gepostet hatte. Seither war er düsterer geworden, das Strahlen war verschwunden, er gehörte zu den Männern, die körperlich am Ende der Pubertät ihren Gipfelpunkt erreicht haben. Sein Blick war nicht mehr so lebendig, sein Lächeln nicht mehr so offen. Er war weniger charmant und hatte seinen Glanz verloren. Er gab selbst zu, dass ihn nichts mehr berühren konnte, ihm alles über den Kopf wuchs. Er sehnte sich nach dem Ende seines Arbeitstages, um zu seinem Sessel und seiner Tüte zurückzukehren. Er ging nicht mehr aus, weil alle Energie für die Arbeit draufging. In der Provinz hatten sie zwei unterschiedlichen Kasten angehört, die nicht miteinander verkehrten, in Paris aber verschwand die Kluft zwischen den Lebensverhältnissen von Mittelschicht und Arbeitern; es gab nur noch eine einzige Kategorie: die armen Werktätigen.

Wenn sie den Abend mit Benjamin verbracht hatte, fragte sich Aurélie auf dem Heimweg immer wieder, wann sie endlich den Mut aufbringen würde, Franck zu verlassen, obwohl sie ihm nicht das Geringste vorzuwerfen hatte. Und fortwährend, geradezu besessen, stellte sie sich die Frage nach dem Danach. Dabei strahlte Benjamin, wenn er nicht rauchte, manchmal einen ansteckenden Optimismus aus. Irgendwann würde er Paris verlassen und an der PH in Mans seine Lehrbefähigung machen. Er würde Geschichtslehrer werden und sich irgendwo auf dem Land ein Häuschen mit Gemüsegarten kaufen. Sollte er das nicht schaffen, würde er Bäcker werden und leckeres Brot backen. Manchmal sah er sie mit leuchtenden Augen an: »Resilienz, Aurélie! Resilienz! Wir werden doch nicht hier stranden. Das ist unmöglich. Wir können unser Leben nicht damit verbringen, Pizza auszuliefern und in möblierten Zimmern zu wohnen. Wir müssen uns was anderes überlegen ...«

Sie hatte ihm fast entschuldigend von Franck erzählt. »Ich verstehe dich total! Es ist zum Kotzen, hier eine Wohnung zu suchen, mein Onkel musste als Bürge herhalten. Wenn er nicht sein KMU hätte, wäre es nichts geworden. Du wärst schön blöd, wenn du dir die Chance entgehen lassen würdest. Du kannst was Besseres mit sechshundert Euro anfangen, als eine Bude zu bezahlen, in die kaum ein Bett und ein Kochtopf passen. Leg Geld beiseite, so viel du kannst, und geh zurück nach Hause.« Er sah das ganz entspannt, vielleicht zu pragmatisch. Auf jeden Fall begriff er, dass eine junge, hübsche

Frau ohne Geld und ohne Familie, die sie hätte unterstützen können, nur eine sehr begrenzte Zahl von Möglichkeiten hatte, um klarzukommen. Das Aussehen war ein Trumpf wie jeder andere, den sie ohne jeden Moralinausstoß einsetzen konnte. »Glaubst du, er merkt nicht, dass du verzweifelt bist und sein Angebot gar nicht ablehnen kannst? Wenn er wollte, könnte er mit einer Frau in seinem Alter ausgehen, die so viel verdient wie er, die allein klarkommt ... Aber nein! Er kennt dich kaum, da nimmt er dich schon bei sich auf. Das ist bestimmt keine Uneigennützigkeit. Das ist ein ganz normaler Tauschhandel, du bist nur zu verklemmt, und er ist zu blöd, um es zuzugeben.«

Sie kam nicht auf die Idee, mit ihm zu schlafen. Sie hatte gelernt, dass es nichts Einfacheres gab, als einen Mann zu finden, mit dem man seine Triebe befriedigen konnte. Einen zuverlässigen und treuen Freund zu finden war hingegen fast ein Ding der Unmöglichkeit. Dass sie ihn bei der Arbeit kennengelernt hatte, war eine gerechte Entschädigung für die Zeit, die sie damit vergeudete, Leuten, die sie nicht mal ansahen, ein künstliches Lächeln zu schenken, zu tun, als würde sie telefonieren, rumzusitzen wie ein Dekorationselement. Benjamin war zynisch und sehr intelligent. Er konnte gut erzählen, die Anekdoten von seiner Arbeit waren lustig oder empörend. Einmal hatte er ein Dutzend Pizzas nach Clamart geliefert. Ein Riese in Bademantel und mit glasigem Blick machte ihm die Tür auf. Der halboffene Bademantel entblößte einen langen schlaffen Penis und Hoden, die besonders stark der Schwerkraft unterworfen schienen. Benjamin hatte größte Mühe, den Blick davon abzuwenden. Der Mann suchte seine Kreditkarte, um die Bestellung zu bezahlen, und ließ ihn zehn Minuten warten, bis er mit einer Karte zurückkam, die mit einem feinen weißen Pulver bedeckt war. Der Mann leckte seinen Zeigefinger an, um das kostbare Pulver aufzustippen, dann streckte er Benjamin die feuchte Karte hin, und der musste so tun, als wäre alles normal.

Er wartete auf den richtigen Moment, um in die Sarthe zurückzukehren, wenn sein Körper ihm sagen würde, dass er Paris nicht mehr ertrug. Als Student hatte er eine Zeitlang als Kuhhirt gearbeitet. Bei seinem Vater hatte er die Grundlagen der Mechanik und alle möglichen Reparaturen gelernt, er hatte eine gesunde Kindheit und Jugend in einer nicht allzu abgelegenen ländlichen Gegend genossen. Aurélie hatte die Finger nie in Erde gesteckt und es nie vermisst. Sie war eine echte Städterin und hatte keine Ahnung von den Kreisläufen der Natur, vom Viehhüten, Melken und anderen Landarbeiten. Ihr wurde bewusst, wie viele Grundkenntnisse ihr fehlten, die sie nicht von ihrer Mutter gelernt hatte, die nur daran dachte, dass ihre Tochter eine Arbeit fand, egal, wie stupide, anstrengend oder unanständig sie wäre. Einmal fuhr sie mit dem Vélib' nach Hause, weil sie die letzte Metro verpasst hatte, und als sie die Treppen hinaufging, konnte sie vor Angst kaum atmen. Franck wachte auf, sie hatten Sex, und sie schlief ein. Als sie am nächsten Morgen um sechs Uhr ihren Anruf bekam, schlich sie leise aus dem Zimmer und stellte ihre Schuhe auf den Fußabtreter vor dem Eingang. Sie zog sich im Dunkeln an und ging auf Zehenspitzen aus der Wohnung, damit er nicht aufwachte und sie ihn küssen müsste, um ihm einen schönen Tag zu wünschen.

15

Am Ende eines anstrengenden Tages, an dem sie mehr Zeit in der Metro als hinter ihrem Empfangstresen verbracht hatte, setzte sie sich am Boulevard Voltaire auf eine Bank. Bei ihrer letzten Vertretung hatte sie bis 21 Uhr in einer Anwaltskanzlei im 8. Arrondissement gesessen – sie hatte die Anweisung, nie vor dem letzten Teilhaber zu gehen, auch wenn er bis Mitternacht blieb. Heute war es noch früh, sie hatte noch ein paar Stunden dieses Tages totzuschlagen und versuchte die Abenteuer von Traveler und Oliveira im Original zu verstehen. Spanisch zu lesen war mühsam. Wegen des surrealen Tons des Buches hielt sie die schmale Gestalt mit der Hakennase zuerst für eine Halluzination. Sie schloss das Buch und starrte ihm hinterher. Er war immer noch spindeldürr, wie zweidimensional. Seine Haare waren gewachsen, der Wind warf sie nach hinten, während er mit seinem langsamen, regelmäßigen Schritt weiterging, wie immer mit riesigen Kopfhörern auf den Ohren, wahrscheinlich eine Melodie mit einem verworrenen Text auf Englisch (»*arrest this man, he talks in maths, he buzzes like a fridge*«). Er ging noch fünfzig Meter weiter, dann drehte er sich um und kam auf sie zu.

Ihr Herzschlag setzte aus, als seine Wange ihre für ein lautloses Küsschen streifte; beide hielten den Atem an. Sie erkannte seinen Geruch, die Mischung aus Schweiß, billigem Deo, Tabak und Eau de Cologne. Ein schlichter, männlicher und etwas schmutziger Geruch, der sie sofort an die Lust erinnerte, die sie in seinen Armen empfunden hatte. Sie sah sich nackt in seiner chaotischen Wohnung vor den Regalen stehen, am Ende hatte sie die Titel all seiner Bücher auswendig gewusst und sich geschworen, zu jedem eine Meinung zu haben, die sie ihm eines Tages in fehlerfreiem Spanisch mitteilen würde. Sie erinnerte sich daran, dass sie wie eine Wölfin an seinem Haar geschnuppert hatte, während er schlief, an die Kraft, die sie in sich gespürt hatte, die Energie, die sie nicht schlafen ließ, die Wörter, die sie gelernt hatte, um ihn zu beeindrucken, die Gespräche mit ihm, die sie sich so oft ausgemalt und aus Schüchternheit nie geführt hatte, an ihre Ungeschicklichkeit und an die Lust, die alles überlagerte. Sie war zu ihm gekommen und hatte ihn wortlos geküsst, sie hatten miteinander geschlafen, ohne einen Satz zu sagen, und waren manchmal so eingeschlafen, ohne miteinander gesprochen zu haben, am Ende eines Abends der Seufzer, Schreie und Liebesworte in zwei Sprachen.

Eine Falte begann sich auf seiner Stirn abzuzeichnen, sie hatte das Gefühl, ihn seit zehn Jahren nicht gesehen zu haben. Sie stellte ihn sich mit weißem Haar, gelassener Miene, einem von der Zeit gezeichneten Gesicht vor. Er würde ein schöner Greis werden. Sie unterdrückte die Regung, seine Wange zu streicheln und seine Hand zu küssen, plötzlich überwältigt von Zärtlichkeit und Kummer. Er hatte sie nie verlassen. Sie war mit ihm in die Metro gestiegen, hatte mit ihm geredet, ihn neben sich gesehen, ihre Liebe hatte sie ausgefüllt und allen Raum eingenommen; sie konnte keinen anderen mehr lieben. Er warf leicht den Kopf nach hinten, sie war überwältigt. Es würde keinen anderen geben als ihn. Er würde der Einzige bleiben, der mit solcher Kraft und einem so animalischen Instinkt zum Orgasmus kam, dass ihr der Atem stockte. Sie hätte ihm gern gesagt, dass er ihr gefehlt hatte, aber der Satz war so schwach, irgendwie falsch. *Ein Leben ohne dich ist also unmöglich. Es ist schrecklich, dass sich die schönsten Gefühle nur in den lächerlichsten Sätzen ausdrücken lassen*, dachte sie. *Sommers wie winters wirst du mir fehlen. Ich kann nichts Besseres tun als dir zuhören. Du bist meine Liebe. Nein, natürlich werde ich das nicht sagen*, dachte sie weiter, während sich zwischen ihnen Stille ausbreitete.

»Ja, ja, mir geht's gut. Und dir?«

Beim Anblick dieses Mannes zerreißt etwas in ihrem Innern. Auch ihn berührt ihre Begegnung. Wie viele andere Frauen hat er umarmt? Die Frage brennt in ihrer Brust. Sie reden nicht. Sie fangen Sätze an, die sie nicht beenden, atmen laut. Der Verkehrslärm füllt die Stille, sie treten beiseite, um den Passanten auszuweichen. Er bittet sie, ihn anzurufen; er wohnt jetzt in Paris, Metro Télégraphe. Erst seit ein paar Tagen. Sie weiß nicht, ob sie sich über diese Neuigkeit freut; nun sind sie also beide in denselben Mauern gefangen.

*

Von weiten sah sie Benjamin mit mürrischer Miene angetrottet kommen, in seinem halb von der Kapuze bedeckten Gesicht zuckte es. Sie hatte ihn drei Tage nicht gesehen, und er kam ihr noch düsterer vor als sonst. Als er näher kam, schaffte er es, zu lächeln und sie mit einer müden Handbewegung zu grüßen. Er gab ihr zwei knallende Küsse auf die Wangen, wie eine alte Dame, die Besuch empfängt. Sie fing sofort an zu weinen und zu erzählen. Sie habe Alejandro wiedergesehen, ihre große Liebe, von der sie ihm so viel erzählt habe, und mit einem Schlag sei das Gleichgewicht der letzten Monate dahin, als er nur in ihren Träumen aufgetaucht sei. Alejandros Nähe sei bestimmt der Anfang einer neuen Beziehung voller Schwierigkeiten und Frust. Er sei so ein komplizierter Mensch, der sich nicht zähmen lasse und verletze, ohne sich je zu entschuldigen. Trotzdem sei es unvorstellbar, ihn nicht zu sehen, sie spüre jetzt schon am ganzen Körper, wie sehr er ihr fehle, wie dringend sie zu ihm müsse. Es sei lächerlich oder unverständlich, aber sie wolle nicht, dass jemand sie zur Vernunft bringe, sie wolle ihn umarmen, küssen, seinen Körper berühren, neben ihm einschlafen … Sie geriet außer Atem. Benjamin griff fassungslos nach ihren Händen, er wusste nicht, was er angesichts dieser Verzweiflung und dieses unverständlichen Gefühlsausbruchs tun sollte. Er fand keine Worte, war überfordert, diese angstvolle Liebe war ihm fremd und brachte ihn aus dem Gleichgewicht. Er hatte nie geweint, nachdem er bei einer Frau gewesen war. Er konnte ihr nicht helfen, eine so dumme und grausame Leidenschaft hatte er nie erlebt. »Du verstehst das nicht«, wiederholte sie erschöpft. Sie hat Recht, dachte er, gespalten zwischen dem Trost, sich einen vergeblichen Schmerz erspart zu haben, und dem Frust, sich solche Emotionen nie zu erlauben.

»Rufst du ihn an?«, war die einzige Frage, die ihm einfiel.
»Natürlich«, antwortete sie mit gequältem Lächeln.

Sie liefen ein Stück. Dann beschloss sie, zum Schlafen zu Franck zu gehen, umarmte Benjamin und bat ihn, auf sich aufzupassen. Er sah nicht gut aus, sicher rauchte er zu viel, vor allem, wenn er sie nicht sah. »Halt mich auf dem Laufenden«, sagte er und sah ihr hinterher, erschrocken, plötzlich allein zu sein. Er ging durch Straßen mit billigen Restaurants, Läden, die rund um die Uhr geöffnet waren, und Waschsalons, in denen Frauen mit ihren überdrehten Kindern warteten. »Was für ein Scheißleben für die Kinder«, dachte er, als er an zwei afrikanischen Prostituierten vorbeiging, die ihn einladend anlächelten.

*

Sie kam zu Franck, er schlief noch nicht. »Mein Liebling!«, rief er, stand vom Sofa auf und fuhr in seine Pantoffeln. »Du hast mir heute gefehlt.« Er breitete die Arme aus, damit sie sich an ihn schmiegte. Sie tat es und verachtete sich selbst, dachte, dass seine runden Arme und sein weicher Bauch irgendwie tröstlich waren. »Hast du Hunger?«, fragte er in zärtlichem Ton, den sie lächerlich fand. »Ich habe Würstchen und Püree gemacht, mein Häschen!«

Sie fand ihn zu alt für diese albernen Rituale, ärgerte sich, ihn zu verachten, und dachte an Benjamins Worte. Unter seiner triefenden Liebe verbarg er seine Angst, allein zu leben und alt zu werden. Er hatte ihr angeboten, seinen Alltag, sein Bett, seinen Kitschroman zu teilen. Er mochte nicht, was sie war, sondern die bloße Tatsache, dass sie eine Frau war. Der Zufall hatte sie hierhergeführt. Mit Alejandro war alles ganz anders, magnetisch, nicht in eine lächerliche Romanzen-Sprache zu übersetzen. Schon hatte er wieder seinen Platz in jeder Zelle ihres Körpers eingenommen. Sie fühlte sich wieder genährt, bewässert, lebendig, stolz, beruhigt und erregt. Ihr

Leben würde seinen natürlichen Verlauf wieder aufnehmen und sich auf den Raum seiner Arme beschränken. Bald würde sie bei ihm sein, die Zeit hatte repariert, was sie beide in ihrer Ungeschicklichkeit ein Jahr zuvor zerstört hatten. Sie bebte vor Ungeduld bei der Vorstellung, den Duft seines Halses einzuatmen, ihn erzählen zu hören, was er getan, gelernt, gelesen hatte. Alles, was ihn betraf, begeisterte sie.

»Vorhin hat mein Bruder angerufen! Er will mit seiner Freundin nach Paris kommen. Wir könnten zu viert essen gehen, was hältst du davon?«

Er ließ nicht locker, fragte, ob sie einen guten Tag verbracht habe; sein Penis wurde fest, sie stieß ihn zurück und antwortete mit einem eisigen »Nein«. Seit Monaten prostituierte sie sich unter besten Bedingungen. Die Aussicht, erneut vor Liebe bebend neben ihrem schlafenden Liebhaber zu liegen, gab ihr endlich einen Grund, diesem betrügerischen Spiel ein Ende zu machen. Sie ging duschen und hörte ihn an die Badezimmertür klopfen: »Was habe ich getan, mein Schatz?« Er sprach mit flehender Stimme, das geborene Opfer. Er war Anhänger eines Sadomasochismus, bei dem Gefühle die Peitsche ersetzten. Es wäre so einfach, ihn fertigzumachen, die mächtige, weil junge Frau zu spielen, die ihren alten, verzweifelten Liebhaber zerquetscht.

Sie kam nackt heraus, stellte ihren Körper zur Schau, den sie ihm sonst nie bei Licht zeigte. Sie legte sich schweigend hin, er streckte sich neben ihr aus und versuchte sie zu umarmen. »Na gut, ich hoffe, morgen geht es dir besser. Schlaf schön mein Engel.« Sie antwortete nicht, konnte aber nicht einschlafen und starrte auf den antiken, in Saint-Ouen aufgestöberten analogen Wecker. Ihr ging die Luft aus, sie war kurz davor, zu explodieren. Sie wartete darauf, an Alejandros Seite ihre Harmonie, die Wiedervereinigung ihres Körpers, die Versöhnung ihres Seins und ihres Geistes wiederzufinden. Er allein schenkte ihr das Leben. Franck weckte sie um 4.37 Uhr.

»Du verdankst mir alles, das ist dir wohl klar«, stieß er in einem eisigen Ton hervor, den sie nie gehört hatte. »Hast du einen anderen?« Er machte seine Stimme härter, um die aus jedem Wort quellende Furcht zu verdecken. Sie konnte ihm nicht die Wahrheit sagen. Es hatte immer einen anderen gegeben.

16

Ich habe so lange auf dich gewartet! Als ich hergekommen bin, war ich ein einziges Kribbeln. Ich habe an deine Tür geklopft, und als du nicht gleich aufgemacht hast, habe ich Angst bekommen, habe die Fäuste eingesetzt, habe das Blut in meinen Fingern pulsieren gespürt. Für ein paar Sekunden habe ich Panik gekriegt, du hättest mir nicht die richtige Adresse gegeben, du wolltest mich nicht reinlassen oder ich hätte das alles nur geträumt, ein Unbekannter würde mir aufmachen und sich wundern, mich so zu sehen, mit glühenden Wangen, wirrem Haar, feuchten Augen. Dann hast du in der Tür gestanden, noch schöner als früher. Ich hatte das Gefühl, ich hätte dich seit einer Ewigkeit nicht gesehen. Du hast mich hereingebeten, du warst ganz heiser. Wir haben über das letzte Jahr gesprochen, das für mich so außergewöhnlich war und so öde und leer für dich. Du hast mir gesagt, dass ich dir gefehlt hätte. Ich habe Mühe, dir zu glauben, aber der Satz ist in meinem Körper gespeichert, ich werde ihn immer wieder hervorholen, um mich zu wärmen. Deine Hände haben gezittert, als du mir Kaffee eingegossen hast, du hast mich eine ganze Minute lang angesehen, das war der intensivste Moment meines Lebens. Dein schwarzer Blick, in dem ich versinken wollte. Da habe ich schon gemerkt, dass du Lust auf mich hast, aber wir haben uns geändert, wir haben uns Zeit genommen, zu reden.

Du hast meine Hand umklammert. Das hättest du früher nie gemacht. Nicht so. Ich habe gesehen, wie sich deine Brust hob und senkte. Warum hast du mir nie geantwortet? Du hast gesagt, es sei besser so gewesen. Du hättest eingesehen, dass du einen großen Fehler gemacht hast. Dann hast du erzählt. Wie du in Lyon angekommen bist, studiert, gearbeitet, andere Frauen getroffen hast. Und dass dir meine unschuldige Gesellschaft gefehlt hat, das naive Mädchen, das dir wirklich zuhörte, dich liebte, dich anbetete und sich nicht traute, es dir zu sagen, weil ihm die Stimme wegblieb, wenn es tiefe Gefühle äußern wollte. Das habe dir gefehlt, hast du gesagt, jemand ohne Berechnung, meine absolute Hingabe, mein wildes, einzigartiges Lachen, die Vertrautheit, die Zärtlichkeit und dass du stundenlang reden konntest, ohne dass ich mir eine Silbe entgehen ließ, ohne dass ich urteilte. Du hast gesagt, du hättest dich nicht getraut, mich zu fragen, wo ich hingegangen sei, weil du überzeugt warst, ich hätte einen anderen Mann getroffen, und ich sei eine von den Frauen, die höchstens zwei oder drei in ihrem Leben haben, nicht mehr. Du hättest gedacht, es sei zu spät für dich. Bei mir müsse man im richtigen Moment da sein, dann könne man alles gewinnen. Ein paar Monate zu spät, und es bleibe nichts mehr, aber wenn der, dem meine Zuneigung gehöre, zugreife, habe er für Jahre den Jackpot. Du hättest gedacht, du hättest deine Chance für immer verspielt, und das habe dich krank gemacht. Krank vor Liebe, endlich hat es auch dich erwischt. Deine Stirn brannte, als ich sie mit den Lippen berührte. Ich habe mir Zeit genommen, dich auszuziehen, ich fürchtete den Moment, wo es nichts mehr abzulegen gäbe, wo die Erregung aufhören würde, die mir den Atem raubte, wo ich mit einer Mischung aus Begeisterung und Trost deinen Körper entdecken würde. Du hast meine Haare gestreichelt, während du zu mir gekommen bist, ich habe gemerkt, wie du dich zurückhalten musstest, um nicht daran zu ziehen. O Gott, wie sehr du dich verändert hast, wie sanft du bist! Also liebst du mich? Ist das wirklich wahr?

Die Erinnerung an dich hat mich durch jeden kalten Morgen, jeden einsamen Abend begleitet. Ich habe immerzu an dich gedacht. Ich habe dich gehasst. Wir hatten doch alles in Grenoble, aber du musstest fortgehen, eine andere Stadt, andere Frauen entdecken, wolltest dein Leben immer wieder neu erfinden. Erst habe ich gehofft, und irgendwann war ich ganz sicher, dass wir uns wiedersehen. Denn es ist wahr: Du bist in jedem meiner Tage, du teilst meine Mahlzeiten und führst meine Schritte. Niemand außer dir kann mir den Atem rauben, mir in jeder Bewegung folgen, mich den Regen lieben lassen, mich durch seine bloße Anwesenheit zum Orgasmus bringen, mich allein mit der Beobachtung seines Schattens glücklich machen. Du bist die Seligkeit. Nur bei dir bin ich ganz. Ich liebe deinen Scharfsinn, deine Beobachtungsgabe, deinen Geschmack für schöne Dinge, deine Behutsamkeit, deine Launen und vor allem: den Respekt für das Schweigen, den wir gemeinsam haben. Wenn du wüsstest, wie mir das Schweigen fehlt, wie sehr ich die sterilen, höflichen Gespräche hasse. Mit dir ist alles spontan, natürlich. Ich frage nicht. Ich zweifle nicht. Ich gebe dir alles und behalte dabei immer etwas zurück.«

Sie konnte nicht bis zum Morgen bleiben. Er teilte die Wohnung mit einem anderen Kolumbianer, der bald von der Arbeit kommen würde. Er schlief im Wohnzimmer, zwischen

Fenster und Küchenecke. Sie musste sich auf Zehenspitzen zwischen Kleiderstapeln, Kisten, DVDs, Dartpfeilen und leeren Flaschen einen Weg suchen. Sie entdeckte das belebende Durcheinander, die unvergleichliche Improvisationsgabe wieder, die ihn immer begleiteten. Vorsichtig öffnete sie die Wohnungstür und schaute ein letztes Mal zurück, um ihn schlafen zu sehen: eine Hand auf der Wange, die andere unter dem Hals, wie früher. Angesichts dieser unwandelbaren Schönheit, dieses winzigen Details verkrampfte sich ihr Bauch, schwoll ihr Herz vor Liebe. Sie steckte den Brief, den sie gerade geschrieben hatte, wieder ein; plötzlich fühlte sie sich zu alt dafür. Sie hatten sich anders geliebt, weniger leidenschaftlich, sinnlicher. Sie wusste, dass sie ihre Beziehung nicht mehr wie in Grenoble erleben würde, sie hatte sich verändert. Sie ging zur Metro und warf das eng beschriebene karierte Blatt in einen Müllsack auf dem Bahnsteig.

*

Franck erwartete sie. Er schien durch einen furchtbaren Schicksalsschlag gealtert. »Wir müssen reden«, sagte sie mit der Selbstsicherheit derer, die von Liebe getragen werden. Sein Gesicht war sehr markant, das hatte sie nie so deutlich wahrgenommen. Sie hatte ihn nie wirklich angesehen. Er drohte in Tränen auszubrechen und sprach als Erster:

»Ich werde allein sterben, allein wie ein Arschloch, hier, in dieser Stadt. Mit meinem Kredit, um eine leere Wohnung zu bezahlen, in die ich Frauen zum Wohnen hole, weil ich es nicht aushalte, allein zu sein, das alles nur für mich zu machen. Weil ich fünfundvierzig bin und alles dafür getan habe, hier zu sein, weil ich mich bequem in einem sicheren Leben eingerichtet habe, ohne am Monatsende zu knapsen, ohne jeden Tag sparen zu müssen. Ich wollte ein müheloses, friedliches Dasein. Ich bin ruhig, ich habe Verantwortung, mir gehört eine Wohnung in dieser schweineteuren Stadt, in der Mädchen wie du von alten Säcken wie mir abhängig sind, um nicht auf der Straße zu sitzen. Ich sehe die Jungs auf ihren Rollern vorbeisausen, wenn sie das Mittagessen in die Büros liefern. Mit zwanzig sitzen sie den ganzen Tag auf dem Moped, um irgendwelchen Schnöseln das Essen zu bringen, die dafür bezahlt werden, auf Facebook zu posten und in Meetings zu sitzen … Es wird nicht leicht für dich, Aurélie.«

»Ja, das habe ich begriffen. Sorg dich nicht um mich.«

»Ich will, dass du das begreifst. Studium, Ausbildung … Irgendwann denkst du an mich. Deine Flirts mit Studenten ohne einen Cent, in winzigen Dachkammern … Irgendwann hast du genug davon. Du wirst sehen, schneller, als du glaubst, sehnst du dich nach Sicherheit. Das Berufsleben fühlt sich manchmal an wie eine Illusion, und es ist wohl auch eine, ganz sicher sogar. Aber es ist eine strukturierende, beruhigende, das Rückgrat stärkende Illusion. Früher gingen die Menschen in die Messe, jetzt gehen sie zur Arbeit, um Tag für Tag die immer gleichen Bewegungen, die immer gleichen Rituale auszuführen, die immer gleichen Sätze zu wiederholen. Am Abend bist du zwar erschöpft, aber beruhigt. Du bildest dir ein, du wärest für deine Kollegen unverzichtbar, unersetzlich und würdest mit deiner Arbeit die Welt verändern. Aber du bist nur eine Arbeitskraft. Das sagt man dir ganz unumwunden: Kraft, kein Mensch, aber das stört niemanden. Nichts macht einem so viel Angst wie die Arbeitslosigkeit. Wenn ein Fünfzehnjähriger beschließt, Versicherungs- oder Bankkaufmann zu werden, dann sicher nicht aus Begeisterung. Das macht er nicht aus Spaß, sondern aus Angst. Noch bevor er laufen konnte, hat man ihm eingehämmert, dass er sich ruhig ein Leben lang in einem Büro langweilen kann, aber bloß nicht arbeitslos sein darf. Was würden die Leute auch mit ihrem Leben anfangen, wenn sie nicht ständig rennen müssten, um die Kinder von der Schule abzuholen, einzukaufen, den Scheck einzureichen, sich von einem Vorgesetzten anscheißen zu lassen? Im Krankenhaus, im Supermarkt, in der Firma, überall der gleiche Zirkus. Immer ein Arschloch vor deiner Nase, das du nicht zum Teufel schicken kannst. Und wenn du dann vierzig bist und denkst, du hättest alles erlebt und alles durchgemacht, bringst du es immer noch nicht fertig, deinem Popanz von Chef »nein« zu sagen. Du glaubst, du wärst erwachsen, dabei bist du immer noch ein ängstliches Kind, du stammelst, du schwitzt wie ein Schwein, wenn du »nein« sagen willst, und dann hörst du dich »ja« sagen. Das Leben kommt dir lang und gefühllos vor. Du gewöhnst dich an die Ego-Spielchen und an deine lächerliche Situation. Immerhin hast du jeden Tag zu essen, das ist schon ein Luxus. Du redest dir ein, dass du den richtigen Weg gewählt hast, weil deine Kinderträume sowieso Quatsch waren. Am Ende denkst du, dass es bescheuert ist, Bücher zu schreiben, vergeudete Zeit, dass es besser ist, zu sparen, Hochglanzmagazine zu lesen, mehr zu laufen als zu flanieren, mehr zu rennen als zu laufen. Du siehst, wie sich Freunde, die anständig verdienen, mit ihrer Frau und zwei Kindern in eine Dreizimmerwohnung zwängen. Du verachtest sie insgeheim, weil du nicht so eine etwas lächerliche, schlecht frisierte, nie geschminkte, immer müde Frau hast, die Tiefkühlgerichte auftaut … Aber dafür hast du gar keine Frau. Bist allein wie der letzte Idiot. Du bildest dir was auf dein Junggesellenleben ein, aber wenn du mal krank im Bett liegst, begreifst du, warum deine Freunde um nichts in der Welt mit dir tauschen würden. Weil es diesen Moment am Abend gibt, wo deine Frau dir ein Küsschen gibt. Ihr vögelt nicht mehr, aber dafür gebt ihr euch auf jede Wange ein Küsschen.«

»Das wird schon, Franck. Du findest bestimmt jemanden.«

»Natürlich! Und die Nächste ist ganz sicher weniger naiv als du. Sie wird die Futterkrippe wittern, hier ihre Ruhe suchen, sie braucht keine große Liebesgeschichte mehr, keine großen Gefühle, die dich zerreißen, keinen Sex, keine Heulkrisen. Es war ein Fehler, mir so eine Junge zu suchen. Mit zwanzig wollt ihr Gänsehaut, Hingabe, Schmerz, Leben. Ist auch gut so. Einmal muss man ja richtig lebendig sein.«

Sie hatte ihren Koffer nie ausgepackt, der Abschied war kurz. Sie umarmte ihn und wünschte ihm alles Gute. Er lachte böse und voller Groll.

»Ich komm schon klar. Aber du bist zwanzig Jahre zu spät geboren.«

17

»Sie können kein Wort Spanisch, dabei mussten sie eine Prüfung ablegen, um an die Schule gehen zu dürfen.«

»Ehrlich? Kein Wort?«

»Nein, es ist eine Katastrophe. Sie betonen die Wörter anders und hoffen, dass es passt. Ich habe mit dem Freund gesprochen, der mich da reingebracht hat, er unterrichtet Webmarketing. Während des Unterrichts chatten die Schüler auf Facebook, und niemand macht Hausaufgaben. Sie erzählen ihm, sie hätten zu viel zu lesen.«

»Das ist ja fast wie an der Uni!«

»Sie legen das Telefon nicht aus der Hand. Das Verrückteste ist, dass sie es einfach auf dem Tisch haben, sie verstecken es nicht mal vor den Lehrern. Das ist auch keine Frechheit, sie begreifen einfach nicht, wie ungehörig das ist. Manchmal kommen sie mit weißem Pulver an der Nase zum Unterricht oder rennen raus, um sich zu übergeben … Niemand nimmt das ernst. Für die Leitung ist die Schule eine Gelddruckmaschine, den Schülern verschafft sie ein Alibi-Diplom. Sie sind zufrieden mit der Mischung von Unterricht und Praxis, sie kriegen ihr Taschengeld und die Unternehmen billige Arbeitskräfte. Leider ist der Lehrplan total ungeeignet für den Beruf, auf den sie vorbereitet werden sollen. Und wehe, du gibst ihnen schlechte Noten, schließlich bezahlen sie uns! Deshalb muss die Schule die beste Erfolgsquote vorweisen. Also kriegt der Einzige, der es schafft, einen Satz im Präsens zu bilden, eine Eins plus. Aber ich habe ja sowieso nur eine dreimonatige Vertretung.«

»Stimmt. Und was machst du dann?«

»Sushikurier. Mit zwei Masterabschlüssen müsste ich die nötige Qualifikation haben.«

»Nein, da nehmen sie am liebsten Japanisch-Studenten vom Fremdspracheninstitut.«

Er lachte kurz und wütend. Sie hob den Kopf von seiner Brust und sah ihn begehrlich und zärtlich an. »Du hast Rehaugen«, brachte er mit schwacher Stimme hervor und schob ihr eine der langen Locken hinter das Ohr. Dann wurde er wieder düster. Seit einem Monat war er jetzt schon in Paris und teilte sich 25 m² mit einem Landsmann, den er nur sehr selten sah. Trotzdem wurde die fehlende Privatsphäre allmählich unerträglich. Alejandro arbeitete als Spanischlehrer in einer der unzähligen privaten Handelsschulen. Die Unterrichtsräume lagen im Erdgeschoss eines Gebäudes, das an einem Wolkenkratzer in La Défense klebte. Alles war *cheap*: die künftigen Gordon Gekkos, die in die Wall Street strebten und nicht über den Stadtring hinauskommen würden, das angeblich internationale Sprachniveau, das mit Mühe und Not vom französischen Staat anerkannt wurde, die Website der Schule in erbärmlichem Englisch, die Klassenräume mit schwachen Neonröhren und fahlem Licht, die Ausbilder, die genauso herablassend waren wie die Lehrer in der staatlichen Berufsbildung. Die Studenten waren dumm und eingebildet, herausgeputzt mit billiger Prêt-à-porter-Mode, auf Ziele wie Trading, Marketing oder internationales Management fixiert, vom Wunsch besessen, in ein Milieu vorzudringen, wo man sie zu Recht von oben herab behandeln würde. Es ging nicht darum, den Nachwuchs der Wirtschafts- und Finanzelite auszubilden, sondern darum, die Launen der unteren Mittelschicht zu befriedigen, die sich keine renommierten Wirtschaftshochschulen wie die ESSEC oder die HEC leisten konnte.

»Du meckerst wie ein Franzose«, sagte sie mit freundlichem Spott und bedauerte den schlechten Scherz sofort.

»Kein Wunder, so lange, wie ich schon hier bin! Ständig werft ihr mir vor, dass ich nicht euren Klischees entspreche. Ich müsste meinen Akzent pflegen und im Poncho auf die Straße gehen, um euch zu gefallen. Das nervt!«

»Ich werfe dir gar nichts vor!«

»Ich erzähle dir von meinem Alltag in Frankreich, also rede ich wie ein Franzose! Was hier passiert, geht mich genauso viel an wie dich. Wenn ich hier wählen könnte, würde ich es tun, wenn mir Freunde erzählen, was in Kolumbien los ist, berührt es mich nicht. Das ist alles so weit weg, das ist nicht mehr mein Leben. Ich bin kein richtiger Kolumbianer mehr und werde nie Franzose sein. Sogar wenn ich mit dir rede, muss ich mich fast entschuldigen, weil ich dein Land und seine Probleme kenne.«

»Du sollst dich nicht entschuldigen, ich möchte, dass nicht alles, was ich sage, zum Drama wird.«

»Na klar! Ich kriege alles in die falsche Kehle. Auch noch empfindlich, der Ausländer!«

»Ich habe dich nie als Ausländer angesehen. In zehn Sekunden beschimpfst du mich als Rassistin, das ist so einfach …«

»Mit Rassismus hatte ich hier ehrlich gesagt noch nie Probleme, dafür ist meine Kultur zu europäisch und meine Haut nicht dunkel genug. Keine Ahnung warum … Wenn ich ein blonder Kolumbianer mit blauen Augen wäre, würde man mich genauso auf meinen Pass reduzieren. Eigentlich seid ihr nicht rassistisch, sondern xenophil. Ihr wollt die USA nachahmen und euch als kulturelle Ausnahme darstellen. Ihr wollt den *Melting Pot*, *Diversität* und den ganzen Schwachsinn, aber bloß keinen Kommunitarismus … Das funktioniert nicht! In Brasilien haben die Nachkommen der Sklaven dieselbe Hautfarbe wie ihre Ahnen, und die Urenkel der Germanen sind immer noch blond. Die Menschen mischen sich nicht.«

»Würdest du keine Europäerin heiraten?«

»Doch, aber das würde nicht gutgehen. Sie hätte ihre albernen Familienträume, ein Häuschen auf Kredit mit Gipslöwen davor und flaschengrün gestrichenem Automatiktor, sie würde einen Monat im Voraus planen, was es am Weihnachtsabend mit ihren Eltern zu essen gibt, und beim Tischdecken rummeckern. Wir würden Kinder haben, sie würde ihnen bereitwillig einen spanischen Namen geben, um sich ihr Zertifikat als gute, in einer binationalen Beziehung engagierte Bürgerin zu verdienen, sie würde hübsche Babywäsche kaufen … Du begreifst es vielleicht nicht, aber ich kann das nicht! Das ist etwas Körperliches. Ich bin so gebaut, dass ich alles auf die Schnelle mache, nie etwas vorbereite, mich anpasse, nichts plane. Ihr denkt mit 18 an die Rente, ihr kauft das erste Kuscheltier, sobald ihr den Schwangerschaftstest gemacht habt, reserviert euren Urlaubsplatz ein Jahr im Voraus … Wir sind einfach nicht so und Schluss! Eure Schulen, eure Diplome, eure Karrierepläne … Ich beneide euch. Ihr seid sauber und ordentlich, ihr werdet nicht verhungern, eure Vorfahren haben hart dafür gearbeitet. Wir werden uns nie verstehen. Meine Mutter hatte jeden Morgen Angst, wenn ich zur Schule gefahren bin. In Kolumbien sind die Toten keine Meldung mehr wert. Hier ist es eine nationale Tragödie, wenn ein Journalist stirbt. Eine Europäerin heiraten? Wozu, Aurélie? Du bist schön, ich bete dich an. Ich glaube sogar, dass ich dich liebe. Da ist etwas zwischen uns, keine Frage ... Aber das ist alles nichts Ernsthaftes. Liebe ist ein schönes Gefühl, aber ich kann mit eurem mystischen Schwärmen von verwandten Seelen, von Liebe, die den Menschen verändert, und dem ganzen Blödsinn nichts anfangen. Das ist ein schönes Gefühl, das man für mehrere Personen empfinden kann, je nach Kontext und dem Platz, den man im Kopf dafür freimacht ... Es gibt nicht nur einen einzigen Menschen, DIE große Liebe gibt es nicht.«

Er stand auf und machte zwei große Schritte, um sich ein Glas Wasser zu holen. Sein feuchter Penis schaukelte zwischen seinen Schenkeln. Ihr missfiel die Wendung, die ihr Gespräch genommen hatte, sie massierte die Stelle zwischen ihren Augenbrauen mit den Fingerspitzen und seufzte. Was er gesagt hatte, schmerzte sie nicht, sie war zu den gleichen Schlussfolgerungen gelangt, als sie gesehen hatte, wie Franck geliebt werden wollte; sie bedauerte vor allem, dass sie diesem xten aufreibenden Dialog zwischen Gehörlosen ihre Schlafenszeit opferte.

Sie sah Alejandro jeden Tag, wenn sein Mitbewohner seinen zweiten Job antrat: Tagsüber war er Spanischlehrer für ein Unternehmen, das Schülernachhilfe zuhause anbot, und nachts Kellner in einer Latino-Karibikbar. Er arbeitete fünfzig Stunden in der Woche und kam nach Hause, wenn sie um 6 Uhr die SMS mit der Adresse ihres Arbeitsortes bekam; er begrüßte sie mit Küsschen, und sie wechselten kurz Belanglosigkeiten in sehr einfachem Spanisch, das ihr das Gefühl gab, die Sprache halbwegs zu beherrschen. Sie war nicht mehr die Illegale im Leben ihres Liebhabers. Sie gingen regelmäßig mit Kolumbianern aus, weil Alejandro nur bei ihnen Anschluss gefunden hatte. Es nervte ihn, dass er immer nur Landsleute traf, er fürchtete, immer ein Außenseiter unter den Franzosen zu bleiben, die ihn immer nur »der Kolumbianer« nennen würden, ohne seine Herkunft je zu vergessen. Aurélie versuchte ihm immer wieder klarzumachen, was für ein Glück er hatte, dass er auf seine Landsleute zählen konnte; sie hatte in Paris unter zwölf Millionen Landsleuten nur einen einzigen Freund gefunden. Ihre Assimilationsversuche in der Pariser Gesellschaft waren jämmerlich gescheitert. Aurélie fragte sich, ob ihre Einführung bei Alejandros Freunden eher ein Beweis für seine Müdigkeit und seinen Überdruss war als ein Unterpfand ihrer Beziehung.

Die Diskussionen wurden komplizierter und länger, gingen manchmal auf Kosten des Vorspiels. Die körperliche Liebe nahm einen kleineren, weniger zentralen Platz in ihrer Beziehung ein. Sie konnte ihm jetzt widersprechen und eine andere Meinung äußern. Da er immer noch stolz und empfindlich war, wurden die Gespräche manchmal sehr schnell unangenehm. Am Ende entschuldigte er sich immer und erklärte, was ihn verletzt hatte. Es gab Worte, die für ihn beleidigend waren, Sätze, die ihm wehtaten, und eine Grenze zwischen ihnen, die ihre Liebe nicht niederzureißen vermochte. Traurig und resigniert spürte sie die sprachlichen, sozialen und kulturellen Differenzen. Sie hätte die unterschiedlichen Werte und Codes am liebsten ignoriert, weil sie die Verständigung oft so schwierig, wenn nicht gar unmöglich machten. Sie, die Französin, die immer alles klar und deutlich aussprechen wollte, sehr rational und wenig spontan, manchmal langweilig und vorhersehbar; er, der Kolumbianer, warmherzig, aber von Natur aus misstrauisch, der immer Euphemismen oder Umschreibungen benutzte und oft lieber durch Verschweigen log, als die Wahrheit zu sagen. Einmal hatte sie vergeblich auf ihn gewartet und war in seinem Bett eingeschlafen. Sein Mitbewohner weckte sie, als er nach Hause kam. Sie verbrachte einen qualvollen Tag und malte sich aus, weshalb er woanders geschlafen hatte. Er rechtfertigte sich mit einem lakonischen »Ich war mit Lehrern aus der Schule was trinken«. Als sie nachfragte, gab er schließlich zu, dass er viel getrunken hatte, dass Schüler und auch einige Schülerinnen dabei gewesen waren, darunter auch ein paar ganz hübsche. Sie rastete aus und beschimpfte ihn als Lügner. Überrascht stellte sie fest, dass ihr solch halb gespielte Hysterie, so eine konventionelle Beziehungskrise, wie sie sie noch nie erlebt hatte, guttat.

Aurélie verlor allmählich das Vertrauen. Er schlief neben ihr ein und flüsterte ihr »Ich liebe dich« ins Ohr, sie betete, dass es wahr sei. Sie konnte sich nicht vorstellen, dass er treu war, aber dieser Gedanke raubte ihr nicht mehr den Schlaf. Sie war jetzt eine erschöpfte junge Frau, ganz anders als das Mädchen, das sie gewesen war, als sie ihn kennenlernte. Sie befanden sich auf Augenhöhe, jeder kämpfte in Paris um sein Überleben. Die Zeit, die sie miteinander verbrachten, war wie ein Ventil, aber weder er noch sie sprach von der Zukunft. Sie hatte auf ihn gewartet und diesen Moment herbeigesehnt, aber ihn wiedergefunden zu haben machte ihren Alltag nicht angenehmer. Der durch die körperliche Liebe erhöhte Endorphinausstoß reichte nicht aus, damit sie die Metro ertrug.

Während der langen, vor Untätigkeit aufreibenden Tage mit sauberen Nägeln, geradem Rücken und kurzen Gesprächen in erbärmlichem Englisch, wenn sie ein Taxi reservieren sollte, suchte sie im Internet nach einer beruflichen Zukunft. In einem Jahr war sie sehr gealtert.

*

Seit mehreren Wochen blieb Aurélie an den Abenden, die sie nicht bei Alejandro verbrachte, immer öfter bei Benjamin. Er hatte ihn kennengelernt und gesehen, wie Aurélie an seinem Arm strahlte, trotzdem fragte er sich nach den verborgenen Gründen für ihr Interesse an diesem bartlosen Schnösel mit dunklen Kulleraugen. Er beneidete ihn um den Luxus, ihre unendliche Zärtlichkeit zu genießen; in dieser Monsterstadt hatte Alejandro einen einzigartigen Platz im Leben einer Frau. Benjamin genoss diese Ehre nicht, er wurde von niemandem erwartet. Seine Chefs waren von dem Ziel besessen, in einer Rekordzeit so viel Pizza wie möglich auszuliefern, das war der Sinn, den sie ihrem Leben gegeben hatten, ohne die Farce, die Lächerlichkeit ihres Strebens zu erkennen. Alle, mit denen er zu tun hatte, erstickten vor Ernsthaftigkeit, jeder spielte streng und methodisch seine Partitur, die meisten ganz unten in der Hierarchie und für einen Hungerlohn. Er war einem starken Druck, dem endlosen Krieg zwischen den Konkurrenten unterworfen. »Wenn du nicht zufrieden bist, ich habe einen ganzen Berg CVs auf meinem Schreibtisch. Denk an die anderen, die deinen Platz auf der Stelle einnehmen würden«, hätte man ihm gesagt, wenn er sich beschwert hätte. Die Firma, für die er arbeitete, musste die schnellste sein und die besten Kundenbewertungen vorweisen. Deshalb waren ihm die Sätze für die Begrüßung, die Meldung an der Wechselsprechanlage, die Mitteilung des Preises und das Kassieren vorgeschrieben. Das Lächeln war bei seiner Arbeit wie bei Aurélie Pflicht. Er wurde ebenso für seine Arbeit bewertet wie für sein Sympathiekapital. Er musste für jeden x-Beliebigen, der sein Mittagessen bestellte und mit Restaurantgutscheinen zahlte, dienstbereit und verfügbar sein. Alle Ressourcen seiner Jugend mussten ausgeschöpft werden, damit er ein ergebener Sklave im Dienst eines Marktführers des schlechten Essens sein konnte.

Über ihre Arbeitserfahrungen unterhielt sich Aurélie lieber mit Benjamin, der kein sexuelles Verlangen nach ihr verspürte, was sie immer noch glücklich machte.

»Ich glaube, früher fand ich den Sex mit Alejandro toll, weil es gut war und weil ich eine neue Lust entdeckte, aber vor allem, weil ich nichts anderes zu tun hatte. Heute begreife ich, dass ich ihn manchmal total genervt haben muss, wenn er sich mit den Ämtern herumschlug und ich ihn mit den Augen verschlang und losheulte, weil ich ihn mal zwei Tage nicht sehen konnte. Jetzt möchte ich abends nur noch schlafen. Er auch, das spüre ich. Manchmal gehen wir in Latinobars, zwingen uns, was zu trinken, wollen uns beweisen, dass wir nicht die ganze Woche damit verbracht haben, nur zu arbeiten und in der Metro zu sitzen. Außerdem haben wir beide so absurde Jobs …«

»Ist dir das aufgefallen, Aurélie? Wir kennen Paris inzwischen so gut, dass wir uns sogar den Luxus leisten können, uns hier zu langweilen. Überleg dir das mal! Wir sind in Paris und wollen nicht rausgehen, interessieren uns nicht für den Eiffelturm, motzen über die Touristenhorden, ertragen es nicht mehr, ungefragt auf der Straße fotografiert zu werden … Mich kotzt hier alles an.«

»Ich langweile mich nicht, aber mein Leben ist viel anstrengender als in Grenoble, und nach einem Jahr habe ich immer noch keine eigene Wohnung. Immer krieche ich irgendwo unter, ich komme mir vor wie ein Sozialfall. Du brauchst ja schon ein oder zwei Stunden, um nur eine Packung Milch zu kaufen, ein Buch aufzutreiben oder ins Kino zu gehen. Die Stadt macht einen verrückt.«

»Sie ist nichts für uns. Wir sind nur für die Logistik und die Auffrischung der Fassade dieses Musterdorfes zuständig.«

18

An einem Freitagabend im November 2010 wurde Benjamin von einem Taxi der Firma G7, einem schwarzen, in Hauts-de-Seine angemeldeten Mercedes A-Klasse, umgefahren. Sein rechtes Bein war gebrochen, die Handgelenke taten entsetzlich weh. Er wurde in die Notaufnahme gebracht, Pizza savoyarde klebte an seiner Wange, der Taxifahrer filmte seine Abfahrt ins Krankenhaus mit dem Handy. Aurélie nahm die Nachricht ohne Überraschung auf und besuchte ihn jeden Tag. Ihre Stimmung war gedrückt und düster.

»Ich hau ab, jetzt ist es klar. Guck dir mal an, in welchem Zustand ich bin, verdammt … Ich habe ein Bein geopfert, um auf einem Roller Pizza zu verkaufen, habe die Straßenverkehrsordnung ignoriert, um eine Bestellung zwei Minuten schneller auszuliefern. Dieses Leben macht einen verrückt. Sieh dich an. Du bist hübsch und intelligent, aber du wirst dafür bezahlt, in Empfangshallen rumzustehen. In dieser Scheißstadt vergeudest du deine Energie und verpasst deine Jugend.«

Sie hörte ihm zu und senkte den Blick, zu verlegen, um zu antworten, zu beschämt, um ihm recht zu geben. Er funkelte förmlich vor Hass und Verachtung. In ihm brannte ein Fieber, sein Geist quälte ihn, führte ihn auf steile Pfade und gewundene Abwege, während sein Körper auf dem Bett dahinschwand. Er war leidenschaftlich und entschlossen, allen

Herausforderungen zu begegnen, rief den Himmel, Gott (an den er sich nie zuvor gewandt hatte), die Krankenschwestern, die Pfleger und die Besucher als Zeugen an, dass er nicht länger so ein Scheißleben führen würde. Über seine Tiraden vergaß er den Schmerz, er war hart, bitter, großspurig, unerbittlich und traf immer ins Schwarze. Jeden Abend setzte sich Aurélie an sein Bett, um ihre Ohrfeige zu empfangen; traurig dachte sie an die Berge in ihrer Heimat, die sie aus Bequemlichkeit nie bestiegen hatte, weil sie sich gewünscht hatte, etwas anderes, Ferneres zu entdecken, als wollte sie sich für ihre Untätigkeit rechtfertigen.

»Das Leben kam mir schwierig vor, weil ich versucht habe, meine Eltern nachzuahmen, aber das war unmöglich, weil sich die Zeiten total geändert haben. Ich habe gekämpft, gelernt, mich auf Prüfungen vorbereitet, ich wollte es ihnen gleichtun … Aber ich bin gescheitert. Wir müssen uns etwas anderes ausdenken, uns woanders einen Platz suchen, andere Orte, andere Berufe, ein anderes Leben. Wir müssen ganz von vorn anfangen, Aurélie. Mit allem. Wir können doch nicht hier sitzen bleiben und uns abrackern, um einen blassen Abklatsch des zweitklassigen Lebens unserer Alten zu bekommen. Ihr Weg war schon von A bis Z vorgezeichnet, wir müssen uns unseren eigenen suchen. Wir müssen aufhören, uns zu beklagen, dass wir nicht so gut wie unsere Eltern leben. Sie haben eine Zeit der Vollbeschäftigung erlebt; du bist in einen Laden gegangen, um dir Latschen zu kaufen, und am nächsten Tag warst du Latschenverkäufer, du konntest ohne jeden Abschluss Vertreter werden … Aber was hat ihnen das ganze Theater gebracht? Letztendlich sind sie auch nicht zu beneiden. Wir müssen uns vom Überfluss, von Paris, von

Frankreich von der Vollbeschäftigung verabschieden. Und vor allem dürfen wir niemanden auf uns rumtrampeln lassen.«

*

Nach drei Minuten erschien ein blaues Kreuz auf dem Testgerät, das sie in einer Nachtapotheke gekauft hatte. Alejandro schlief noch, sie zögerte, ihn zu wecken. Sein Gesicht wirkte friedlich, aber die winzigen Zuckungen sagten etwas anderes. Sie hatten sich leichtsinnig, gedankenlos geliebt, während beide auf den Moment lauerten, wo sie sich Adieu sagen würden, wenn alles zu weit weg, zu unkontrollierbar, zu brutal und zu absurd geworden sein würde. Wenn jeder entschlossen wäre, seinen Weg ohne den anderen weiterzugehen, zu akzeptieren, dass die zweite Chance, die sie sich in dieser Stadt, die sie nun gemeinsam hassten, gegeben hatten, irgendwie künstlich und gezwungen war. Sie waren sich einig im Frust und in der Enttäuschung; jetzt war sie schwanger, kein Wunder. In den letzten Monaten waren sie zu erschöpft und niedergeschlagen gewesen, um auf die praktischen Details zu achten, wenn die Lust sie kurzzeitig aufleben ließ. Sie beschloss, ihm nichts zu sagen, und schlief wieder ein.

Am nächsten Tag folgte sie dem gewohnten Rhythmus von Langsamkeit und Resignation. Manchmal vergaß sie für eine Weile, dass sie schwanger war, selbst das Wort war ihr fremd. Konnte sich denn in einem Moment alles ändern? Der friedliche, stille Verlauf des Vormittags wurde jedenfalls nicht über den Haufen geworfen. Sie arbeitete gerade in einem Notariat im 7. Arrondissement, und erst jetzt dachte sie darüber nach, dass die Empfangssekretärin, die sie vertrat, im Mutterschaftsurlaub war. Ein Leben als Mutter war für sie unvorstellbar, die Aussicht, ihren Bauch dick werden zu sehen, lächerlich. Der Gedanke an Mutterschaft war so fern, dass sie nicht einmal daran gedacht hatte, sich davor zu schützen. Das war etwas, das sie gern irgendwann erleben wollte, aber es kam nicht infrage, dass sie jetzt ein Leben in sich trug, während sie sich ständig nach dem Sinn des eigenen fragte. Am Abend traf sie Alejandro, er erzählte ihr von seinem Tag, während er eine Büchse in der Mikrowelle aufgewärmten Thunfisch in die zu weichen und zu salzigen Nudeln rührte. Es schmeckte nach Metall, sie unterdrückte den Brechreiz. Bis er einschlief, war sie außerstande, mit ihm zu reden. »Du bist ja todmüde«, sagte er mit einem leichten Schulterzucken, das sie wie ein Schlag in die Magengrube traf. Er schlief ein, schnarchte und sagte irgendwas auf Spanisch, es klang nach einem erotischen Traum. Plötzlich hatte sie das Gefühl, als würde sie seit zwanzig Jahren mit ihm zusammenleben, als wären ihre jungen, kräftigen Körper alt und schlaff. Was war in den letzten Monaten passiert? Ihr Körper hatte so viel Müdigkeit angesammelt, dass sie wohl zur Kenntnis nehmen musste, was sie vorher nicht hatte begreifen wollen. Sie schickte sich an, ihm Adieu zu sagen, während sie ihn egoistisch schlafen sah, ohne die Angst der Frau neben sich zu spüren, die er zu lieben vorgab, und sie war erleichtert, ihn endlich aus ihren Gedanken verbannen zu können.

Er würde nicht versuchen, sie zurückzuholen, wenn sie ging, ohne ihm etwas zu sagen. Er wäre erleichtert, würde so tun, als hätte sie ihn betrogen und verlassen, würde die Bewegungsfreiheit genießen, die er vermisste, wenn er zu lange mit derselben Frau schlief. Plötzlich war es sonnenklar, die

Lösung des Problems war ihr Verschwinden. *(How to disappear completely ... and never be found again.)* Nach einem chaotischen Jahr, in dem sie einander gefehlt und sich nach einander gesehnt hatten, hatten sie sich durch einen unglaublichen Zufall wiedergefunden, aber jetzt hatte ihr Zusammensein keinen Sinn mehr. Ohne Aurélie würde er endlich ohne jedes Schuldgefühl überallhin fahren können, immer bereit, mit der Inbrunst des Neuankömmlings und seinem Rucksack an einem beliebigen Ort hereinzuschneien. Bis zur Erschöpfung oder bis er seinen Platz finden würde. Sie bewunderte ihn unendlich für seine Resilienz, sie wusste um sein Talent und betete insgeheim, dass ihm gelingen möge, wozu er wirklich Lust hätte. Sie sah ihn schlafen und wurde vom Schluchzen geschüttelt. Endlich schlief sie auch ein und legte unbewusst die Hand auf ihren Bauch.

*

Am nächsten Tag ging sie zu einer Beratungsstelle im Krankenhaus. Die Krankenschwester, die sie empfing, hatte Erfahrung, bevor Aurélie saß, hatte sie schon eine Akte angelegt, Datum und Sozialversicherungsnummer eingetragen. Das Gespräch war eine reine Formalität. Sie bat Aurélie, einen Ultraschall zu machen, »um zu sehen, ob das Baby lebensfähig ist, sonst brauchen Sie keinen Abbruch, dann tut die Natur ihr Werk. Das ist nicht so traumatisierend, verstehen Sie?«

Am Nachmittag ging sie zu einem Röntgenlabor. In der Metro schützte sie ihren Bauch unwillkürlich vor Passanten, die sie anrempelten. Diesen neuen Schutzinstinkt hätte sie sich nie zugetraut. Mit der Entscheidung, Alejandro nicht wiederzusehen, hatte sie ihre Situation akzeptiert. Ihr eigener Körper holte sie wieder ein und diktierte ihr sein Gesetz: Sie trug die Liebe in sich. Diese Andeutung eines Kindes in ihrem Unterleib, das sie aus ihren Gedanken zu verdrängen suchte, erfüllte sie mit beängstigender Kraft. Sie ärgerte sich, dass sie es schützen wollte, dass ihre Bewegungen langsamer waren, dass alle Gedanken ihrem Bauch und ihrer Vulva galten, diesem winzigen Spalt, durch den in einem Moment der Vergessenheit und der Hingabe, in ein paar Minuten der Lust neues Leben eingedrungen war. Sie fühlte sich alt, dumm und vor allem verantwortungslos. In den Tagen nach dem Ultraschall weinte sie vor Schmerz und schaute auf das Foto in ihrer Hand mit dem weißen, runden und reinen Fleck. Sie wohnte jetzt allein in Benjamins Wohnung. Alejandro hatte sie nicht angerufen, und dass sie Recht behielt, schmerzte sie viel mehr, als sie erwartet hatte. Sie fühlte sich zerrissen, bitter, schwach und erschöpft, verfolgt von dem Ultraschallbild, dieser frischen Spur von Leben, dieser perfekten Form in ihr, diesem Anblick ursprünglicher Schönheit, dem Häufchen winziger Zellen, das in ihr wuchs. »Pardon«, bat sie es ständig, atemlos, und ihre gespannten Brüste schmerzten. »Das tue ich nie wieder, ich verspreche es dir. Ab sofort benehme ich mich ordentlich, ich werde anständig sein«, sagte sie zu ihrem Bauch, der sich unter ihren quälenden Gedanken und Schuldgefühlen verkrampfte.

»Ich hatte nie ernsthaft daran gedacht, Mutter zu werden, aber jetzt packt es mich«, sagte sie zu Benjamin, dem sie so leid tat, dass er trotz der starken Schmerzen in seinem zerstörten Bein aufhörte, zu jammern. »Es ist, als hätte mein

Körper plötzlich ... eine Mission. Als wäre er endlich zu irgendwas gut. Als würde sich da eine perfekte Mechanik in Bewegung setzen. Und ich werde sie ausschalten. Das ist das Einzige, was ich tun kann, aber es kommt mir nicht natürlich vor, sondern brutal, ich begreife es nicht.« Erleichtert und dankbar legte sie den Kopf an seine Brust. Er klopfte ihr verlegen auf die Schulter, von einem uneingestandenen Wunsch ergriffen, sie zu küssen, einen Moment der Nähe zu erleben.

»Ich gehe auch zurück. Mach dir keine Gedanken, Aurélie, das wird schon. Wenn der richtige Moment kommt, wirst du eine tolle Mutter.«

*

Die Krankenschwester hatte ihr ein Datum genannt, um »den durch Medikamente ausgelösten Ausstoß des Embryos« vorzunehmen, und gefragt, ob ihr *Freund* sie begleiten würde. Sie war überrascht von der Frage, es kam ihr selbstverständlich vor, dass es unter diesen Umständen keinen *Freund* geben konnte. Im Wartesaal knutschte ein junges Paar. Sie entledigten sich der Frucht ihrer Vereinigung wie eines unerwünschten Nebeneffekts, eines Spielverderbers, der bald vergessen sein würde. Sie sprachen von der Party, zu der sie am selben Abend eingeladen waren, verschlangen sich mit den Augen, brannten vor Verlangen nach einander; ihre lüsternen Blicke machten Aurélie krank. Die Welt war aus den Fugen und voller Erbärmlichkeit, voll widerwärtiger und komplizierter Geschichten. Sie konnte die Niedertracht der anderen nicht verurteilen, weil sie selbst sich schuldig gemacht hatte, aber sie bedauerte, zu dieser kranken, gequälten und traurigen Rasse zu gehören.

Sie litt, wenn sie eine Schwangere traf, beneidete sie um ihr Strahlen, die sanft auf dem Bauch liegende Hand, die Aura des Glücks, das ihr aus den Poren quoll, ein Unschuldsengel, der sich von einem liebenden, vertrauenswürdigen Mann hatte vögeln lassen, einem, den man genug liebt, um an seiner Seite alt zu werden, den Verfall des Körpers und des Verstands zu teilen. Sie waren immer über dreißig, es gehörte sich nicht, Kinder zu bekommen, wenn man jung war. Das hätte bedeutet, den sorglosen und egozentrischen Charakter der Jugend herauszufordern. Man musste Nachwuchs haben, wenn die Verhältnisse stimmten, mit einem langjährigen Partner, einer Wohnung mit eingerichtetem Kinderzimmer, einer *Trogen*-Kommode und einem *Hensvik*-Bett. Sie verachtete diese Leute, die alles machten, wie es sich gehört, sich im vorgegebenen Alter fortpflanzten, indem sie mit dem Kalender vom Frauenarzt das Datum des Eisprungs berechneten, schon von dem Wort *Familienplanung* wurde ihr übel. Diese Frauen, die der Familie ihre Schwangerschaft bei einer Flasche Champagner verkündeten, zur großen Freude der künftigen Großeltern, die gleich Vornamen vorschlugen, diese Frauen, die sich nicht schämten zu sagen »Ich habe mich schwängern lassen«. Diese Frauen, die an die Rente dachten, Zusatzversicherungen abschlossen und Extrakonten anlegten: eines für das Haus, eins für die Kinder, eins für die Ferien.

*

Die Schwester fragte sie ein letztes Mal, ob sie bei ihrer Entscheidung bleibe. Als Aurélie es bestätigte, drückte sie eine einzige winzige Tablette durch die Aluminiumfolie. Sie gab ihr einen Becher Wasser und erklärte ihr, sollte sie sich übergeben, müsse man von vorn anfangen. Sie hielt es nicht mehr aus, dass man ihr überall was von Übelkeit, Regel, Verspätung, *Sexualpartner*, STD, *Lebensplanung*, *akzeptierter Mutterschaft*, Uterus oder Menstruationszyklus erzählte. Sie sehnte sich nur nach Ruhe, Einfachheit, einem schlichten, friedlichen Dasein. Man brachte sie in ein Einzelzimmer, wo sie den Vormittag verbringen würde. Am Nachmittag würde sie wieder zur Arbeit gehen können und eine Bescheinigung des Krankenhauses erhalten, auf der die *Interrupio* nicht erwähnt wäre. Sie würde nicht wieder zur Arbeit gehen, sie hatte ihre Kündigung abgeschickt und ihr Telefon ausgeschaltet. Ihre Eltern wussten, dass sie zurückkommen würde, und hatten keine Fragen gestellt.

Sie hatte entsetzliche Bauchschmerzen und verlor sehr viel Blut. Draußen hörte sie den Straßenlärm, die Luft schmeckte nach Asche und Aluminium. Sie war zwanzig Jahre alt.